LES CONTES DÉLIÉS DE FABLES ET NOUVELLES.

Quant au sein de pages, une lecture, on embrasse une morale rimant avec l'espoir.

Sand Canavaggia.

LES CONTES DÉLIÉS DE FABLES ET NOUVELLES.

SAND CANAVAGGIA.

CONTES LITTÉRAIRES

© 2022 Sand Canavaggia

Édition : BoD – Books on Demand, info@bod.fr
Impression : BoD – Books on Demand, In de Tarpen 42,
Norderstedt (Allemagne)
Impression à la demande

Illustration : STOCKLIB

Dragonfly Cover Artist

ISBN : 978-2-3224-0695-1
Dépôt légal : Août 2022

Je voudrais vous remercier chers lecteurs de votre confiance et curiosité.

J'ai souhaité garder l'idée et la rythmique d'écriture des contes. Peau d'âne de Charles Perrault et d'autres histoires populaires, sont ici revisités.

L'esprit ouvert et sensible où chacun trouvera un sens par son émotion. En toute humilité, le souhait de vous avoir touchés d'une autre sensibilité.

Votre propre route de lecture, un autre chemin de sentiment et de passion. Je vous laisse découvrir dans le plaisir de lire, ces quatre contes déliés.

Sand Canavaggia.

PAUVR'ANN

Nous avons en mémoire le conte de Peau d'âne de Charles Perrault, j'en ai ici privilégié la quintessence.

Dans cette fable, la jeune Ann va découvrir un monde au-delà des murs de sa vie et quelque part renaître.

Le croisement de routes, des personnes différentes, dévoilera une facette d'elle pour mieux se connaître.

Dans la résilience et l'acceptation totale de ce qu'elle est au fond d'elle, elle chamboulera son existence.

PRÉFACE

Il est un temps, où la beauté n'a pas d'égale,

Que le corps bien formé, un esprit peu banal,

Chaque publicité en flatte les bienfaits,

À ceux qui n'ont que le doute et la simplicité,

C'est la rue et la faim, qui leur étaient jetées,

De l'abondance à la plus grande pauvreté,

C'est dans les sentiments vides de la richesse,

Que l'on y devine la plus illustre détresse,

Répondant au format des plus avantageux,

De la magnificence, de ces aspects pompeux.

Il n'y a que dédain pour ceux de la terre,

Mais quel ne fut pas ce choix d'en dévoiler les glaires !

Tous, du manant au marchand, rêvent d'y appartenir,

Quand la douce jeune fille ne rêve que d'en fuir.

Il est un temps, où la vie résonne le bonheur,

Dont dans l'illustre paix, ces riches hommes ont horreur.

Il n'y a pas de détresse, que de vouloir rester soi,

Il n'y aura pas de peines à en trouver l'émoi.

Il était une fois, dans une demeure, la douceur d'une mère,

De leur richesse sans fond, n'en fait que des manières,

Elle apprend de gestes simples à cette fille chérie,

Chaque chose ignorée de leur niveau de vie.

Qu'il n'est point de l'argent, mais de riches vertus,

De grandir de l'enfant, de renaître après sa mue.

Sans penser qu'un jour, elle pourrait s'en aller,

Affronter ses lendemains entre souleur[1] et gaîté.

---

[1] Souleur : saisissement, serrement de cœur.

Cette fille d'une dame, aux bleus purs de ses yeux,

Au noir de ses cheveux, brillant de mille feux.

La flamme en elle brillait, sous les yeux de son père,

Fut-elle incomprise, dans ce monde délétère.

Ann d'une jeunesse insoumise désire vous démontrer,

Que l'on peut exister très loin d'un mythe parfait,

Du don de quelques lignes où vous vous enivrerez,

Au plaisir de l'histoire de Pauvr'Ann, contée.

💟 1 💟
LA DÉCISION.

Les temps où nous vivons sont austères,

Un instant, regardé par une loupe de verre,

De la famille bien née, des parents amoureux,

Ont vu grandir leur fille d'un regard heureux.

Depuis sa naissance, ils n'ont cessé de penser,

Qu'elle serait bien mariée, grâce à eux argentée,

Une femme, une mère, la douceur souhaitée,

Un père décisionnaire et un cœur à manquer.

Que leur fille si belle puisse avoir de l'esprit,

Une culture et une intelligence bien accomplies.

Elle soigna son instruction et ses différences,

Et de mille façons dévoila son innocence.

Dans son quotidien, elle apprend de sa maman,

Que pour bien des raisons, il n'est pas contaminant,

De côtoyer les pauvres, leur parler un instant.

Ann s'évade de songeries dans son enfermement.

Elle se surprend parfois d'une pensée s'évader,

Mais se ravise, la peur du monde, cette immensité.

Dont elle ne connaît que ses serviteurs, dominés,

Où elle souhaite en découvrir toutes les curiosités.

Parfois, de mots dits, filtrés, avec sa gouvernante,

Mais elle n'a jamais osé être très entreprenante.

Ces appartements si grands, noblement décorés,

Ne donnent de son être que l'âme d'une enfant gâtée.

Son dressing rangé, des toilettes de grands couturiers,

Des chaussures en tel nombre, on ne pourrait les compter !

La cuisinière extravertie lui parle de misère et de faim,

Mais les mets délicieux qui ravissent leur table sans fin,

La tiennent loin de la compréhension de ces réalités.

De son âge grandissant, elle est déjà à la majorité,

Alors, ce monde inconnu, elle ne peut plus l'ignorer,

Son esprit en bataille entre partir à l'aventure ou rester.

Chacun de ses rêves souvent ignorés et dans l'œuf avorté.

Sa mère mit fin aux cours pour annihiler ses désirs cachés.

Sa marraine-Fée, seul lien avec ceux en état d'impécuniosité,

Ceux qu'elle ne connaît pas, qu'elle ne peut fréquenter.

Sa Fée n'est pas très riche et son père l'ignore, condescendant,

Il méprise les choix de sa sœur, de vivre auprès de ces gens.

Elles rient ensemble de choses anodines sur certains de ses clients,

Sa marraine vend des plantes dans un quartier commerçant.

Elle prépare aussi quelques décoctions de médicaments,

Beaucoup se rendent à elle et dépensent leur argent.

Dans une autre époque on l'aurait appelée sorcière,

Pour la jeune femme, elle est une Fée, une seconde mère.

Ce jour l'agitation est là dans la somptueuse maison illuminée,

De nouveaux employés s'activent, nettoient marbres et parquets.

La cuisine boue de toutes ses marmites, chante le bruit des ustensiles,

Dans le salon l'orfèvrerie est astiquée et brille d'un coup de fil-à-fil.

Les parents de la petite princesse sont chacun dans leur rôle.

Son père dans le bureau ne cesse de rouspéter et se désole,

Quant à sa mère somptueuse préparant leur digne fête,

Tourne et virevolte entre les gens pour que la fête soit parfaite.

Il y aura ce jour-là, les personnes les plus convoitées, les plus argentés,

Car ils ne lui ont rien dit, mais son anniversaire aura quelques souhaits !

Son père vante souvent à sa tendre épouse que tant de beauté,

Leur fille ne devra pas attendre de se dévoiler, avant de faner.

Que d'un bon rang, bien étudié, avant de voir en elle son bel esprit,

Ils devront se dépêcher et lui ôter envie de toute forme de mépris !

Ils ont pensé à bien vite avec un prétendant la marier,

Dès que l'anneau sera à son doigt, elle devra se ranger !

Sa mère un peu hésitante, ne l'a pas préparée, elle craint,

Que toutes leurs idées ne seront que des efforts vains.

Il a balayé d'un geste ses réticences, en dressant le poing,

Il a nourri l'inquiétude de jurons en dressant leur plan avec soin.

Tant d'autorité a posé un silence, mais de son aimé elle a pris le parti,

Se complaisant que si belle, intelligente, elle en comprendrait le prix,

Que loin d'elle la pensée que sa fille soit à ce point balluche,

Elle s'emploie apaisée en réglant chaque temps de cette ruche.

Leur petite princesse s'éveille dans cette agitation et sourit d'aise,

Elle ne s'imagine pas qu'en plus de son anniversaire, la nouvelle pèse !

Il lui faudra, sans pouvoir en parler, attendre jusqu'au soir,

Dans cette foule qui s'anime dans chaque coin du manoir.

Quand de son père elle apprend le dessein, sa mère reste muette,

Bouche bée de ce choix, proteste à sa liberté d'une voix fluette.

Il est détestable d'être bien éduquée, quant au fond la colère gronde,

À quoi bon l'avoir bien élevée, vouloir lui taire de connaître ce monde !

Ses protestations polies ne rencontrent que contreparties,

Ann s'insurge, mais les mots dans sa gorge restent non-dits.

Elle fuit en larmes, abattue, suivie de près d'une servante,

Après un signe de la main de sa mère inquiète et compatissante,

Arrivée dans sa chambre, elle pousse un cri étouffé,

Elle se pose devant sa coiffeuse, la servante s'approche, dévouée,

Dans le silence où roulent les pleurs, elle délie ses boucles ondulées,

Ann s'appuie sur ses coudes et éclate en sanglots enfiévrés.

Deux petites mains fragiles passent dans ses cheveux si longs,

Elles lissent de la brosse les mèches, les lâchent dans un rebond.

Sa chevelure si brune fait tout alentour tant de jaloux, de malins,

On la reconnaîtrait entre mille en les voyant onduler dans ses reins,

Portant par des chuchotements mille suppositions sur son destin,

Mais à ce moment-là, elle ne voit rien et pleure de chagrin.

Au lendemain, les yeux encore gonflés, sa marraine est là, navrée,

C'est d'un regard triste qu'elle regarde sa filleule, prête à l'écouter,

Et pendant de longues heures, elle entend ses plaintes,

Elle veut fuir, ne pas aller à son anniversaire aux sombres teintes.

Sa marraine, sa Fée lui conseille de ne pas s'y hasarder,

Au long de la soirée, ses parents, elle pourra les dissuader.

Une moue de princesse se forme sur son visage désespéré,

Elle sourit des boutades de sa Fée qui ne cesse de grimacer.

De cette prochaine annonce, elles seront plus soudées,

Et ne pas se soucier si ses parents demeurent embarrassés !

Sa bonne Fée lui promet de trouver une décourageante solution,

Pour que ses parents puissent renoncer à ce projet d'union,

Elle est enfin rassurée, apaisée et son regard azur clair,

Reprends ces couleurs plus brillantes que la lumière.

Le soir arrive trop vite, ensemble, elles sont restées,

D'une robe bleue comme un ciel d'été, elle s'est parée.

Une toilette de sa marraine, ses parents en seront irrités,

Elle fait fi de leur regard, ne l'ont-ils pas cherché ?

Ils n'ont pas eu de respect de son avis, à quoi bon ces bagatelles !

Si cette robe de magasin, son père ne la trouve pas belle !

Et de piètres qualités, elle la portera en signe de liberté.

Ann ne laissera pas leurs objectifs décider de sa finalité,

Elles tournent sur elles-mêmes dédaignant la soirée,

Celle où la nouvelle funeste, pour elle, devrait être annoncée.

La sonnette d'un début du souper ne cesse de tinter,

Leurs sourires s'arrêtent et restent ainsi presque figés.

Elles descendent d'un pas, observent les différents invités,

Tous si insipides, Ann se trouve si différente, si opposée !

Sa mère parée de tous ses beaux atours rayonne, elle s'avance,

Un sourire accroché, glissant sur le sol avec élégance.

Son regard croise celui de sa Fée comme une complainte,

Mais d'un sourire esquissé, lui donne une étreinte.

Ann en deux pas décalés dans le désir de s'en éloigner,

Sa marraine saisit son poignet, murmurant : « nous verrons après ».

Et dans cette assemblée de rires surfaits, de complaisances,

Elle doit avec regrets participer en exécrant ces suffisances.

Le fil de la soirée animée s'est pour elle lentement écoulé,

Elle a accepté des danses avec des prétentieux désabusés.

Comment ses parents pouvaient-ils penser qu'elle accepterait ?

De ces hommes de nobles naissances, aux désirs viciés !

Dans ce bal, nulle annonce n'est faite, elle croit en la bonté,

Mais son père lui intime de trouver son époux dans la soirée,

Elle court vers sa marraine, la supplie de les en dissuader,

Quelques mots rassurants, demain elle viendra la chercher.

2
MARRAINE, LA FÉE.

La soirée s'achève et la princesse des lieux est désespérée,

Que dire à son père pour ne pas faire selon sa volonté !

La nuit emporte les peurs de cette dernière journée,

Elle fait foi que de sa vie, ils ne pourront la diriger,

Ann négligera les avis, les idées la privant de ses souhaits,

Ils ne trouveront que dépits sur tout ce qu'on lui soumettrait.

Sa marraine est bien venue, elle est là, elle l'attend,

Sous le regard de son père, courroucé, impatient !

Elle lui passe devant se jetant dans les bras de sa Fée,

Il fustige et lui demande de nommer ses prétendants préférés.

Sa mère lui sourit et dit qu'un cadeau, lui sera donné,

D'un signe de la main, elle s'échappe, sautillante et gaie,

Fuir un jour cette place, ne lui est pas souvent donné,

Elle a la journée pour voir sa marraine et avec elle badiner.

En ce beau jour une robe cintrée, couleur de lune,

Elle virevolte et dans ses reins, ondule sa chevelure brune,

Encore un cadeau de sa Fée, fait par des ouvrières,

Elle adore les robes offertes, les porter la rend fière.

Elles restent un instant, les yeux dans les yeux accrochés,

De quelques secondes, il y a des joies gravées d'une éternité.

Dans la voiture Auburn[2], elles s'installent joyeuses,

---

[2] Auburn : voiture de sport speedster-roadster du constructeur américain Auburn, commercialisée 1925 à 1937.

Et elles partent sur la route, confiantes et heureuses.

Elles passent par la ville, émerveillée des rues animées,

Elle demande à sa marraine de bien vouloir s'arrêter,

Dans un quartier, elle se gare puis elles déambulent sur les pavés,

C'est un émerveillement tous ces gens sont bruyants et colorés.

Sa Fée conseille de ne pas voir en eux, confiance de trop d'honnêteté,

Elle fait la moue puis rit de ces mots et répond qu'elle le sait !

Qu'après ses parents, ces gens sont de loin la bonté incarnée !

Rien ne vaut cette balade pour ne faire que s'extasier.

La boulangerie du coin est là depuis des années,

Il est de notoriété du meilleur ouvrier boulanger,

Elle prend et dévore une volée de brioches sucrées,

Et elle s'aventure même de différents mets à son palais.

Une journée dans la découverte de ce monde à sa porte,

Un interdit dont elle ne dira rien à ses parents, elle sera forte.

Ils ne doivent plus la priver, de ses bonheurs avec sa Fée,

Elles complotent ensemble et se réjouissent d'une idée !

Le stratagème est là, dès sa rentrée, la demande sera faite,

Nul besoin de murir l'intention, elle en est satisfaite.

Sa marraine lui dit d'exiger une robe de petite qualité,

Que du plus repoussant son choix leur soit imposé.

Ainsi, si l'on pouvait l'aimer dans de simples apparats

Alors elle accepterait de se soumettre à leur débat.

Elle est folle de joie, elle imagine, mais craint la peine,

Sa marraine lui répond, la sincérité ne peut rester vaine !

De sa couleur préférée, elle sera jaune pour le bon augure,

Être confectionnée par une servante douée de couture,

Dans une matière pauvre, sans luxure et sans prétentions,

L'idée est imparable pour décourager les intentions !

De prestigieux, mais pour elle, rebutants prétendants,

Ainsi, les projets seront anéantis pour ses parents.

Comment pourraient-ils concevoir une robe à bas prix,

D'une matière populaire, confectionnée dans leur mépris ?

Ils ne pourront que protester, exclure leur idée de mariage,

À cette fin, elle aspire tant à la liberté, cet heureux présage.

Forte de cette idée, la petite princesse profite de sa journée,

Elles vont même jusqu'au magasin de plantes de sa Fée.

Elle s'enivre des couleurs et de toutes les senteurs,

Quelques recettes lui sont confiées, c'est un jour de saveurs.

Des magasins visités et babioles achetées, sans grand intérêt,

Mais les échoppes sont si nombreuses, qu'elle est attirée.

Elle est comme une enfant, le jour de ses dix-huit ans,

Il n'y a pas d'âges pour les plaisirs les plus entêtants.

Ce monde refusé est tel un antre où elle se réfugie,

Une découverte plus grande et une splendide magie.

Tous les êtres qu'elle croise, parlent et rient fort dans la rue,

Ce n'est ni la réserve et la bonne tenue qu'on leur attribue !

Sur le sol parfois, des hommes, des femmes, des enfants assis,

Qui tendent la main pour l'aumône ou un bout de pain rassis.

Elle voit la pauvreté et les différences avec elle, si loin d'eux,

Ce que ses parents voient comme déchéance lui importe peu !

Ce qu'elle regarde, c'est qu'ils sont plus vrais et vivants,

Qu'elle rêve comme sa marraine de vivre « normalement ».

Sans une maison comme une forteresse, où l'on n'ose respirer,

Où chaque mouvement est pensé, voire pire, souvent épié !

Où chaque décoration et personnel sont en place immuables,

Où elle n'entrevoit qu'un destin triste, fade et passable.

Là où elle ne peut faire un pas sans justifier d'un lieu,

Où elle n'a cessé d'en donner le mauvais comme un jeu.

Mais plus rien ne l'amuse aujourd'hui, elle a trop grandi !

Alors que respire l'indépendance pour lui redonner la vie.

Les voilà remontées dans l'Auburn Speedster,

Elles n'ont plus guère de temps, il est déjà l'heure !

La voiture vrombit, rugit, une vieille américaine,

Leur tête pleine de pensées fortes et souveraines.

Elles chantent à deux, en chœur, dans un tue-tête,

Sans accords harmonieux, leur cœur est à la fête.

C'est devant son entrée qu'elle lui donne un baiser,

La Fée lui somme de rester sur leur complot bien géré.

La princesse la regarde, motivée en lui faisant une grimace,

Elle restera bien décidée et sur son souhait tenace.

Puis elles rient une dernière fois à la vue de son père,

Qui se tient là bien droit, l'attendant l'air sévère.

Le bruit de la voiture s'enfuit, devant son père, reste hardie,

D'un geste, il l'invite jusqu'à son bureau, de sa mère suivie,

Elle tapote et caresse son bras, la regarde avec amour,

Ils s'installent ensemble dans un silence bien lourd.

Il parle de son cadeau qu'elle découvrira en haut,

Son père demeure froid, sa mère semble avoir chaud.

Ce sera dans sa chambre sur son lit déposé,

Lui vantant sans attendre du présent la beauté !

Que ce cadeau créé des mains d'un noble couturier,

Sans s'y méprendre, leurs goûts sont d'évidence à rejeter !

Ann n'en a que faire, seule est là l'envie de leur parler,

Elle répond alors d'un sourire restant inquiet et forcé.

Elle peine qu'en elle la demande les défiant l'apeure,

Elle ne peut déclarer tout ce qui en elle demeure !

Mais elle ne peut trop en dire sans risquer de se dévoiler,

Ses parents s'agitent, elle les observe un brin déconcertée.

Son père agacé fait cesser les mots de sa femme,

Tapote nerveusement des doigts et il les blâme.

Il les coupe avec pression d'un ton haut et grave,

Il impose à sa fille des noms pour son mariage.

Le sérieux prend les corps et le temps est à l'orage,

Ann se contient et sans ambages leur donne le message.

Que si de son avenir, ils souhaitent en décider,

Ce ne sera jamais sans sa propre volonté !

Qu'à défaut de l'aimer pour son seul héritage,

Elle souhaite que l'heureux fiancé soit sage.

Puisse d'elle être épris, sans autres pensées,

Qu'une robe au plus bas prix doit être confectionnée.

Des mains d'une servante appliquée pour couper, filer et piquer,

Et ne devra y poser aucune marque de prospérité.

Dans un tissu de confection modeste et uni,

Sa mère se raidit quand son père de colère a frémi.

Il agite ses mains, agacé et sa mère ne dit rien,

Le supplie, implore sans un mot, mais en vain.

Sur ce, sans les regarder, leur fille ne cesse d'en ajouter,

Avec un air mutin leur demande une étoffe diaprée[3].

Et stipule d'un bain de couleur, de colorants dispersés[4],

Elle devra être imbibée, elle en fait l'ultime souhait.

Il crie en clamant ses manières piètres ne sont que broutilles,

Que si cela est son désir, elle n'aura qu'une guenille !

Sa mère courbe l'échine, dépitée, elle reste coite et atterrée.

Ann les observe avec une étincelle dans ses pupilles grisées,

Comment peuvent-ils accepter une telle demande ?

Pour différentes raisons, elle et sa mère se défendent.

---

[3] Diapré : De couleurs variées et changeantes.
[4] **Dispersés :** Le colorant dispersé est une catégorie de colorant synthétique destiné au polyester et aux fibres hydrophobes apparentées.

Une d'un refus, si tout n'est pas en tous points selon sa volonté,

L'autre pour l'impossible image de leur rang de qualité.

La discussion s'éteint, telle la coupure d'un courant d'impatience,

La brutalité du silence sur le coup d'une passagère résilience.

PAUVR'ANN.

Le pire est là, lorsqu'elle est dans sa chambre, sur le lit allongé,

Un manteau du goût le plus mauvais, d'une couleur grise, détestée,

Voilà le cadeau le plus laid, une forme de poncho sans effets,

Ou un trou pour une tête engloutie, laidement encapuchée.

Elle regarde effrayée, ce prétendu cadeau n'est qu'horreur !

Mais à quel couturier sa mère a-t-elle commandé ce labeur !

De quel pays exploité est-il arrivé, elle est effondrée,

Sur son lit elle ne peut, ne voudra plus s'y coucher,

Pour elle, c'en est fini, ses parents sont prêts à tout !

Demain, elle verra sa Fée et quel que soit le courroux,

Elles devront vite trouver une solution si sa requête est exaucée,

L'ultime conclusion sera de fuir, et son souhait sera de s'échapper.

Après la torture, avec ce tissu sentant bien mauvais,

De fourrure sans doute, elle somme d'en être débarrassée !

Par la gouvernante, ouf ! Cet hideux cadeau est déplacé !

Le plus loin possible, là, bien loin d'elle, sur le canapé.

La nuit s'annonce de beaucoup de tourments pour son avenir,

Elle est envahie de cauchemars, fatalement les pires !

Elle s'endort pétrie de haut-le-cœur, la peur au fond d'elle,

Elle prie ses mains liées pour se bannir de ce lieu muséel !

Au matin, la robe va être livrée, Ann est pétrifiée.

À coup sûr, le tissu aura été plusieurs fois lavé et repassé,

Sa mère a dû la faire frotter et même désinfectée !

Elle trouve cela sot, ces actes ne pouvant être que décriés.

Sa Fée pénètre dans sa chambre, l'heure du thé a sonné,

Ann se précipite dans ses bras, ne cessant de larmoyer.

Elle regarde amusée ce qui doit être un manteau,

Sa filleule lui bafouille combien il n'est pas beau.

Puis elle lui parle de la robe qu'on va lui amener,

Qu'il faut que par avance, elle imagine un plan B !

Elles restent là et pensent, mais c'est si compliqué,

Les méninges s'agitent, ne cesse de tourbillonner,

La décision de partir, s'évader reste le seul choix, l'unique !

Mais il ne faut surtout pas se laisser gagner par la panique.

La princesse Ann s'affole, si elle se sauve, mais où aller ?

Sa Fée lui dit que chaque choix fait, doit-être assumé,

Qu'elle ne peut décider ainsi de fuir son milieu aisé.

Que de trop de révoltes, on ne peut espérer,

Et ne pas trouver seule comment se débrouiller.

L'instant est affligeant, mais il en faut plus pour Fée,

Ann désespère, ses repères ont disparu, elle se perd.

C'est un enfer, une guerre, où elle se sent à terre.

Elle pense à ces aïeux, ces ancêtres qui ont par le passé,

Tout quitté, sans cesse reconstruit et tout recommencé !

Elle se ragaillardit, se sent capable, l'heure est arrivée,

Fussent d'un ballot et de sandales, elle ira cheminer.

Pourquoi ses parents ont-ils eu cette idée saugrenue ?

Sans cela, de chaque jour tout aurait été bien venu, voulu,

Même sa Fée la laisse face à sa décision, esseulée,

Après tout pourquoi pas ! Elle doit rester déterminée !

Si ces gens en ville n'ont rien et ont de destinée la faim,

Ann pourra bien se contenter d'un petit bout de pain !

Et de leur habitation bien plus petite que sa chambre,

Arrivent à affronter de sourires les longs froids de décembre.

Une vie pour eux difficile, ils n'ont que cela, il est vrai,

Elle a donc ce possible de vivre dans l'impécuniosité !

Il est dit que l'on peut aider d'un geste, en tendant une main,

Remonter à soi et épauler ceux qui ont du chagrin.

Pourquoi n'aurait-elle pas cette sensibilité, la perception,

Qu'il n'y a ni haut, ni bas, vivre avec ces gens n'est pas déraison ?

Penser connaître des personnes qui la verront elle, vraiment.

Avec ces formes de regards que n'ont pas ses parents !

Les personnes dans la ville, elle ne les connaît pas,

Mais en une journée avec Fée, ils étaient vraiment là.

De leur gouaille, de leurs gestes et de leur tutoiement,

De ce lieu au soleil qui grouillait de divertissements.

Sa Fée la regarde et lui caresse la joue, attentionnée.

La porte de sa chambre s'ouvre, sans que l'on ait tapé,

Sa mère rentre radieuse escortée par deux servantes effacées,

Elles tiennent à bout de bras la robe demandée.

De gestes précautionneux, elles en ouvrent les plis,

Ann vacille, décontenancée, elle s'assoit sur son lit.

Sa demande est honorée et sa mère victorieuse,

Sa marraine l'observe, elle n'est étrangement pas furieuse,

Ann doit accepter le fait, non...non, elle ne le peut !

Sa Fée prétexte de l'essayer, en demeurant toutes les deux.

Dans un affolement, Ann peste et lui parle sans s'arrêter,

Mais d'un geste de la main est rappelée à ses souhaits.

Elle prête son attention et regarde tout autour, silencieuse,

Voilà donc venu le moment où il faut se prononcer, anxieuse.

Elle va objecter une dernière réflexion, afin de pouvoir citer,

Les trois noms ou le nom, elle réclamera un délai !

Et à la nuit tombée, elle partira sans se retourner.

Ses parents prêts à tout ne sont pas décidés,

À laisser leur enfant déterminer son destin, elle doit se fiancer.

Ils attendront un choix, mais une volonté lui sera imposée.

Sa marraine la quitte en lui rappelant de bien veiller,

À décamper sous la lune et de cette étole grise capuchée,

Ce manteau si hideux la rendra invisible à la curiosité,

Son estomac est noué, mais sa Fée a tout anticipé.

En présent elle lui fait, une caisse d'un bois veiné,

D'une baguette de sureau, pour l'ouvrir et la fermer,

Et disposer à son souhait de ses tenues banales,

Anonyme aux autres, sans jamais inspirer le mal,

Seulement sur ce qu'elle est, sans aucun effet,

Sans tenir comme fardeau son éclatante beauté !

Son esprit délester du poids de cette famille fortunée,

Puis sa fée quitte la chambre, en lui déposant un baiser.

La princesse reste là, avec comme unique pensée,

Elle ne pourra voir sa marraine, pas plus la solliciter,

Seule, elle saura la retrouver, sera toujours là si besoin,

Et veillera sur son quotidien avec le plus grand soin.

Des questions la turlupinent, mais le pire est de rester,

Suffisant le temps où de l'accoutumé elle devra s'inquiéter,

Alors sa décision est ferme, sous les étoiles elle s'enfuira,

Et d'une simple pelisse de tristesse dont elle se vêtira.

Une caisse, une baguette, des robes sans prétention,

Finis les tourments, elle se redresse fière et lève le menton.

Tant pis si seule elle affronte le monde, car au pire,

Elle aura bien des ressources pour ne pas revenir !

En avant l'aventure, ses affaires sont préparées,

Elle va s'enfouir sous les couvertures, elle refuse le dîner,

Simulant la fatigue d'une journée, elle ne peut plus faiblir,

Elle leur assure demain, donner une réponse à leur désir.

Ses parents habitués à ses caprices d'enfant adoré,

Demeurent dans leurs habitudes, sans ne plus s'en soucier,

Heureux de pouvoir disposer demain d'un apaisement,

Cette réponse qu'ils attendent depuis bien trop longtemps.

Ils sont enfin sereins, si pourtant ils savaient au passage,

Qu'à l'étage, un sourire orne le plus beau des visages,

Dont la longue chevelure de jais s'étale sur l'oreiller,

Ses grands yeux d'un bleu plus pur qu'un lumineux ciel d'été.

Elle laisse entrer les rêves qu'elle vivra, sous peu, bien éveillée,

La lune ce soir est haute, son horizon est d'astres, constellé.

Minuit a sonné, elle se réveille encore ensommeillée,

Tel un félin Ann s'extrait de son lit, se hâte de s'habiller.

Le sommeil s'enfuit, elle est tout à son projet de partir,

Elle ne peut demeurer dans cette maison, il faut vite fuir.

Ils se feront une raison, ses parents auront bien le temps,

Qu'importe le nombre de semaines, de mois au pire d'ans !

Leurs idées n'ont de respect qu'à ceux qui sont argentés.

Elle ne souhaite plus rester, la vie n'est pas ici, enfermée !

Elle met des tennis, un slim et une tunique boutonnée,

Elle glisse avec écœurement, le poncho sur ses bras dénudés.

Ses cheveux sont trop longs, elle les lie puis les délie,

Comment les cacher, à la lueur du jour elle sera par eux trahie.

Elle prend une décision, en attrape la tresse bien serrée,

Et d'un coup de ciseau, elle les tranche, ses épaules dévoilées,

La métamorphose est troublante, mais elle devait changer,

Pour cette nouvelle vie qui doit ce jour, commencer.

Elle rabat la capuche aux effluves d'un deuil, au miroir un regard,

La pensée que bien fou celui qui portera sur elle le moindre égard.

♡ 4 ♡
RENAISSANCE.

Elle reflète la pauvreté, mais ses joues sont bien roses,

D'un khôl noir elle se fait, quelques traces et ose,

Sur le dessus de ses mains, en faire d'autres traînées.

Un dernier œil vers la glace, ça y est tout est fin prêt !

Elle sort de sa chambre et longe les coursives des employés,

En un court instant, ses pas glissent dans les allées de graviers.

La baguette de sureau, placée dans une longue poche,

De ce manteau si laid, affecté de tous les reproches.

Ceux faits à sa mère, ce cadeau de toutes les témérités,

Il pue et la dégoûte, mais sa décision est avec lui ficelée.

Elle dépasse le grand portail grandiose, signe de somptuosité,

Dans cette seconde passagère arrive un léger regret.

Elle se retourne un bref instant, son cœur se serre,

Quelques larmes furtives, s'échappent, glissent, amères,

Que de l'insistance de ses parents, il en soit ainsi,

Vouloir inonder son âme et s'enfuir dans la nuit.

Sa marche se presse, sur la route vers la ville,

Elle réalise que la peur qui étreint son esprit est inutile,

Quand elle dormait chez elle, tout s'avérait si futile.

Elle erre dans les rues dans la crainte des êtres vils.

Des passants amoureux se tiennent par la main,

Ils l'évitent, est-elle devenue un être que l'on craint ?

Le reflet dans une vitrine lui donne des frissons,

Quel triste chemin pour vivre suivant sa décision.

Le froid passe dans son cou, ses cheveux ne sont plus,

Leur doux enveloppement s'est envolé, Ann se sent nue.

De gauche à droite, les allées sont dépeuplées, désertées,

Mais où va-t-elle se rendre pour se sentir protégée ?

Des poivrots titubent et lui disent d'un ton allègre : « bonjour, enchanté » !

Elle s'effraie, puis réalise qu'ils ne sont pas si mauvais.

Elle glisse en passant dans les petites rues, pudique et gênée,

La vie de bohème elle y est et ne souhaite plus s'en détourner.

Non loin de la boulangerie, un renfoncement l'accueille,

Peur et froid sont mêlés sous l'abri d'une boite de feuilles.

Elle s'assoit sur un carton écrasé de bonbons mous,

Comment se débrouiller ainsi accoutrée, sans le sou ?

Son pardessus honteux donne finalement beaucoup de chaleur,

Et bien malgré elle dans ce coin, elle en oublie l'odeur,

Éreintée et lasse, elle ne peut retenir la fatigue de l'instant,

Elle s'endort dans ce recoin sale et pourtant si rassurant.

Les rêves sont présents dans un parfum de tonnerre,

Elle gémit, remue et Ann est saisie du simple courant d'air.

Quant au petit matin, un doux effluve vient réveiller ses narines,

Elle oublie un moment le lieu où elle se trouve et se confine.

Les yeux fermés, elle s'étire, quand une pile de déchets,

S'écoule sur elle sans ménagement, elle crie, désespérée.

Avant toute réaction, sur elle un coup de balai s'abat,

Un commerçant énervé vocifère, la forçant à dégager de là !

Mais un homme présent empêche l'éclat d'un autre élan,

Et protège ce corps fragile, pouacre[5], de tant d'acharnement.

Il la convie par une courette à entrer dans son débarras,

Et lui porte une boisson, une brioche et il lui dit : « ne bouge pas » !

Nul souhait pour elle de regarder son état, de ses mains sales,

Elle se saisit de la tasse et pieusement s'installe.

Elle mord affamée dans cette brioche et boit son café.

L'espace d'un regard, ce bienfaiteur s'attendrit, désolé.

Le boulanger triste se rappelle les temps de galère,

Ceux où les journées ressemblaient à des hivers,

Où le soleil n'était que dur et long pour travailler,

---

[5] Pouacre : très sale, laid, repoussant.

En la regardant, il se souvient de la faim, il ne l'a pas oubliée.

Quand elle eut fini, elle relève les yeux vers lui,

Et dans un signe des deux mains jointes, le remercie,

Son bleu est larmoyant, ses lèvres mauves, elle est perdue,

De ce froid qui l'a entouré et de ces coups de bâton reçus.

Il a de ce visage trop doux et noirci, une image tendre,

Et il ne peut se résoudre à la rue sale la rendre.

De son petit nom, Gabin, il la prie de l'entendre,

Qu'il souhaite l'aider sans de lui se méprendre.

Il la met au défi de se laver un peu et si elle obéit,

Le repas et en plus du travail, il lui offrira aussi un logis.

Il n'a pas bien d'argent, mais avec elle, il peut partager,

Ni marié et pas plus d'enfants, sa famille c'est ses employés,

Elle le regarde, bouleversée, avec ses gestes hésitants,

Sa mère dirait « il est un nigaud ! ». Elle, un être charmant,

De son âge avancé, il montre de l'attention bienveillante,

Ann de sa jeunesse imprudente a une peur lancinante,

De ce monde à découvrir dont elle mesure son ignorance.

Il la comprend, il ne la connaît pas, mais c'est sans importance.

Elle acquiesce à la demande qu'il renouvelle, il l'aide à se lever,

Lui dévoile au fond d'un jardin une remise, il lui en remet les clefs.

Elle les prend, tremblante, il sourit et en seule condition,

Qu'elle en prenne grand soin et en fasse sa maison.

Quand il ouvre la porte, il y a un lit tout simple, un oreiller,

Une laine tricotée de plusieurs carrés colorés comme duvet.

Dans un coin un bureau qui peut être une table,

Et à côté un vieux fourneau avec au sol un lit de sable.

Elle se retourne sur cet homme et d'un sourire confiant,

Elle lui promet qu'au petit matin, de tous les instants,

Elle prendra beaucoup d'attention à ce don de bonté,

Et sera diligente de l'apprécier dans la congruité[6].

Il lui tapote en douceur sur l'épaule, une grâce hésitante,

Sur cette pelisse puante et des plus repoussante,

Esquissant le reflet de la détresse d'une jeune fille,

Dont il n'a pas le cœur de la laisser seule dans la ville.

Il se retire et lui demande le midi de venir prendre du pain,

Il ne faudrait pas qu'elle manque de force au petit matin,

Elle est émue de toute la gentillesse de cet homme,

---

[6] Congruité : convenance.

Aucune personne ne lui a appris le vécu en somme !

Même sa mère qui pensait l'instruire sur la pauvreté,

Ne faisait que se flatter et de différences s'enorgueillissait.

Lui enseigner qu'un tel dénuement à ce point existait,

N'était pour elle qu'un don d'argent sans jamais s'impliquer !

Tout n'était que fortune dans son monde aisé,

Maintenant, l'infortune lui montre ce qu'est aimer,

Elle frotte et astique, la poussière s'est envolée,

Elle s'active, se démène pour au mieux arranger,

Dans cette remise saine, elle se crée un décor,

Tape sur le lit sur lequel elle couche son récent sort.

Dans un seau d'eau, elle fait un brin de toilette,

Et le débris de miroir ramassé est posé sur la tablette.

Elle se regarde, insiste et en moins d'une journée,

Elle a tellement changé, vieilli, peut-être arrêté de rêver.

Ses cheveux sont si courts, elle se reconnaît à peine,

Mais au fond de son cœur, elle reste sereine.

Elle imagine dans le manoir, ses parents affolés,

La cherchant partout pour avoir ses volontés.

Un sourire malin naît sur sa bouche, mais retombe,

Il y a comme une joie, que leur inquiétude plombe.

Peut-être comprendront-ils son extrême lassitude,

Et leur obstination pour annihiler sa plénitude.

De ce qu'ils ont voulu lui imposer et son désir,

De vivre comme elle le souhaite sans mentir.

Elle a cru dans son rigoureux enseignement,

Que l'on était libre d'assumer ses agissements,

Mais sa vie lui dévoile autre où tout est différent.

Ce lieu où elle est l'apaise et lui laisse le temps.

Elle peut s'y reposer, mais elle ne sait rien faire,

Rien, aucun travail, dans ce monde qui s'affaire !

Mais ce galant Gabin, elle se doit de le remercier.

Une fois rangée, la maison lui sied, tout y est coquet,

C'est ce moment-là où le boulanger dépose un pain doré.

Déjà midi ! Elle est fourbue, mais émue de cette belle pensée.

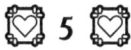 5

LA BOULANGERIE.

Dans le manoir, rien n'était si petit ou abîmé,

Rien n'était si appauvri et de bois mal monté,

Mais elle était ici dans un coin de paradis,

Il n'y a pas d'abondances, ce qu'il y a lui suffit.

Le juste de ce qu'il faut, rien de plus, sans excès,

Une simple touche avec le plus modeste des bouquets,

Et ce havre deviendra pour elle, un vrai conte de fées !

Comment avait-elle pu, si longtemps, tout ignorer ?

Que l'on pouvait être très heureux sans futilités !

Assise sur le lit, Ann loue Gabin en ce lieu de paix.

Le soir arrive vite, elle se faufile dans le magasin,

Le vieil homme est assis, la tête entre ses mains.

Il relève ses yeux et les perd dans les siens,

Il lui parle de l'histoire et de tous les matins,

Où il se lève aux aurores pour pétrir la pâte,

Qu'il est un temps d'amour où rien ne se fait à la hâte.

Elle s'assoit en face de lui et met sa main sur la sienne,

Elle lui avoue sa fortune que cette vie ordinaire lui appartienne.

Il la considère un instant et lui dit qu'elle est bien jolie,

Il l'appelle Pauvr'Ann, elle en est émue et rougit.

Ce manteau de sa mère qu'elle trouvait si « laid »,

A donné un surnom qui en bien des points lui sied.

Et au moins en cela, ses parents sont remerciés !

Une pensée l'étreint de peines et l'envie de pleurer,

Elle passe sa main dans ses cheveux courts de jais,

D'un effleurement sur ses épaules, une page est tournée.

Les matins se succèdent, et Pauvr'Ann s'épanouit,

Le boulanger la protège et d'elle en est conquis.

À nulle autre pareille, elle préfère cette vie,

Elle pense à ses parents, mais elle est si bien ici.

Car juste la ravissait qu'ils s'inquiètent pour elle,

Ils ont ignoré ce dont elle rêvait, alors les nouvelles !

De son étal de brioches, tous les échos lui sont rapportés,

Sur les enquêtes du mystère, elle aurait été enlevée !

Les policiers sont une fois venus, elle en a tremblé,

Mais son poncho sur elle comme un cache l'a protégé.

Le boulanger a vu sa gêne, d'une main, il l'a calmée,

Il est bon cet homme, elle l'aime déjà, tel qu'il est.

Les brioches qu'ensemble ils imaginent et confectionnent,

Sont bien meilleures et les gourmets les affectionnent,

Elle a même ajouté quelques recettes épicées et parfumées,

Sa Fée lui a confié des essences et les clients en font la publicité.

Ces derniers jours, une voiture de luxe freine et se gare,

Ann s'empourpre et sur un temps trop court son esprit s'égare,

Un homme élégant, s'en extrait et se presse pour commander,

De ses cakes moelleux de vanille et de fleur d'oranger.

C'est un inconnu si beau, que Pauvr'Ann n'ose le regarder.

Sitôt, sa vue happée, ses paupières se baissent pour le rêver.

Gabin le sert, elle reste là tout près, il est grand et ses yeux,

Sont entourés de cils si longs qu'elle s'y noie dans leur creux.

Elle pense qu'il ne peut la voir, elle est si mendigote,

Lui est tout ce qu'elle n'est plus et tout cela la chicote.

Pourtant un jour sur elle, ses iris papillons se sont posés,

Ses mains sur les étals ont tremblé en rangeant la fournée.

Une courbe légère de son corps et le poncho est tombé !

Il a marqué un arrêt, leurs iris accrochés dans une éternité,

La robe de soleil brille en dénudant ses épaules divines,

De quelques secondes et d'une œillade coquine.

Il a frissonné, la raison depuis, pour laquelle il n'a cessé de venir.

Il tente dans chacun de ses achats d'essayer de la retenir.

Et s'enquiert de réserver chaque jour des cakes miraculeux,

Et ne se lasse plus de poser sur elle l'iris de ses yeux.

Il regarde ses boucles brunes qui caressent ses épaules,

Il pense cette pelisse grise comme une bien vilaine étole !

Mais pour lui, Ann la boulangère besogneuse est si belle,

Si son souhait est exaucé, il lui chanterait des ritournelles.

Pourtant Pauvr'Ann ne voit nul regard de ce charmant prince,

Et le jeune homme si amoureux est déjà jalmince[7].

Comment a-t-elle pu l'ignorer dans sa vie de princesse,

Aujourd'hui, elle n'est plus rien, elle crie sa détresse.

Alors au boulanger compatissant, elle ose le lui demander,

Si dans les journées, elle peut demeurer dans l'atelier.

Il y consent, un peu peiné, après quelques questions,

Il s'y résout en lui conseillant de prendre garde à la passion.

---

[7] Jalmince : jaloux.

Après la dureté d'un travail acharné, les jours sont si vite passés,

De toute sa bonté, Gabin de son savoir, lui a tout donné.

Sa marraine est venue ce matin, pour la serrer et bavarder,

Le moment opportun pour des nouvelles à rapporter.

Suscitant la surprise, Ann priait sa présence et ose demander,

Comment fait-elle pour venir quand elle est troublée ?

D'un index en l'air et un clin d'œil, elle répond la magie,

Pauvr'Ann bien aise, dans ses bras rassurants se réfugie.

N'avait-elle pas promis qu'elle serait toujours là ?

Présente si le cœur d'Ann pleurait, se lamentant tout bas.

Gabin touché que de sa marraine elle soit tant aimée,

Leur dit de sortir en ville, pour en elle rendre la gaîté.

Elles acceptent et Pauvr'Ann s'illumine, elle est enjouée.

Sa fée détaille sa filleule dotée à présent de tant de maturité,

Tout en elle est changé dans ce qu'elle est devenue,

Tout est encore nouveau, pour elle toujours si incongru.

Elle est fière et émancipée, mais habituée à l'aisance,

De se trouver dans la pauvreté nécessite un peu de patience.

Sa Fée lui a d'ailleurs conseillé de parfaire son expérience,

Tout vient à point nommé dans sa situation avec la bienveillance.

La jeune-femme comprend et ces gens qui l'entourent,

Ils sont si loin de voir en elle, les plus beaux des atours !

À présent de couleurs et de doux échanges variés,

Elle ne découvre ici que saveurs, elle en est persuadée.

Elle raconte à sa Fée, la récente rencontre avec cet être,

Il est si beau, bien éduqué qu'elle se prête à des peut-être.

Mais se peine de voir, car ce qu'elle est, rend son rêve illusoire.

D'un délicat sourire, sa marraine lui chante de croire à l'espoir.

Que si de vrais sentiments les animent, ils se trouveront,

Qu'il n'y a pas dans ce siècle d'impossibles passions !

Pauvr'Ann reste muette, le soir est là, après un baiser sur sa tête,

Elle retourne dans sa petite maison, le cœur sans fête.

Ce temps après ce tour dans la ville animée avec sa Fée,

N'a eu le réconfort que du moment passé, il l'a si peu rassuré.

Rien de ce qu'elles ont échangé, lui a donné le courage,

Cet amour qui naît lui conseille néanmoins d'être sage.

L'époque est finie des caprices selon sa volonté,

Elle devra espérer que de son esprit et non de sa beauté !

Avec une couverture si vilaine comment pourrait-il l'aimer ?

Sait-il grâce à son échappée folle à l'aube, ils se sont rencontrés ?

Elle ouvre de tristesse la caisse de sa baguette de sureau,

Et range sa robe soleil, dans ses yeux un flot d'eau.

De l'autre côté de la ville dans le manoir,

Des parents désolés sont au désespoir.

Une mère se lamente et reproche à son aimé,

Que si sa richesse ne l'avait pas aveuglé,

Il aurait eu plus d'attentions, de pensées,

Et qui sait l'entendre si plus de placidité,

Pour leur enfant si jeune qui a été enlevée.

Nulle autre supposition ne pouvait être invoquée !

Car sa natte a été trouvée, couchée sur le parquet,

Avec ses parures et ses robes dans l'armoire sont restées,

Donneront toutes les raisons à tous ces envieux !

Ces impertinents et violents, seront aveuglés, piètres gueux !

Ils ont cru que la beauté insolente de leur tendre fille,

Pouvait de cheveux soyeux si convoités s'en aller en vrille.

Mais leur descendance n'a plus à présent d'apparence,

Sa mère le bafouille en geignant, elle pleure d'errance.

Ils ont cherché partout, mais non, rien de rien !

Fut-elle dans un trou de lapin ou un ravin sans fin,

Ces gens iront creuser dussé-je de leurs mains !

L'émotion est si forte, au mur s'appuie et se retient,

Un flux de larmes en torrent sur ses joues coule,

Il n'y a plus de soleil, plus d'oiseaux qui roucoulent.

Leur enfant n'est plus là, ils battront les rues et les maisons,

Tout pour qu'elle revienne, d'une prime ou une rançon.

Le manoir est bien triste, la richesse n'est donc rien,

Quand de ceux que l'on aime, il n'y a point lendemain.

Voilà plusieurs jours que son « prince » vient et revient,

Commander brioches et cakes, il la cherche, mais en vain,

Il a bien demandé au boulanger, Gabin est resté muet,

Déclarant son absence de mots hachés, sans le lui préciser.

🖤 6 🖤

NI HASARD NI MAUVAIS CHOIX.

Le vieil homme n'a pu lui avouer, qu'il est aimé,

Qu'il a conseillé la prudence, afin de la protéger.

Combien Pauvr'Ann a le cœur sensible et doux,

Il ne peut laisser si près, un inconnu, qui sait un voyou !

Il l'attendrit, mais elle dans son embarras, préfère s'isoler,

Rester dans l'atelier et dans le travail à jamais se noyer.

Les semaines passent, le jeune homme s'affaiblit,

Ne comprenant pas pourquoi un tel mépris !

Pourquoi ne plus la voir, où est-elle donc partie ?

Il est dans un piètre état, qu'au patron il supplie,

La demoiselle devra lui faire un gâteau léger,

Un cake, son préféré, elle seule doit le préparer.

Il quitte la boulangerie se promettant de revenir,

Il espère très fort la revoir, lui voler un sourire.

Quant au petit matin, le biscuit bien moelleux,

Sort du four à bois, Ann s'illumine et d'un air joyeux,

Elle trace sur le gâteau en lettre de miel et d'or,

« Si tu peux de ma pelisse me désirer encore,

Alors nos cœurs liés, le seront à jamais. »

Un sourire ravissant se dessine sur ses traits.

Elle finit cette phrase de trois petits points,

L'emballe dans une feuille de soie avec soin.

Regarde son travail, réticente, le trouve imparfait,

Le destin a fait du gâteau, une douceur au palais.

Ce n'est pas l'apparence, ou toute autre qualité,

De cette préparation, elle dévoile tout ce qu'elle doit cacher.

Elle a fait ce qu'elle est dans ce monde d'absences,

Ce qu'il devrait voir, c'est son geste, sa présence.

Cette main tendue baignant dans l'ignorance,

D'un univers déchu par trop de suffisances.

Quand le cake doré est donné au boulanger,

Il l'amène à ce client dont les jambes flageolent, émotionné,

Quand ses yeux comme des papillons s'ouvrent sur l'or des mots,

Il lit, relit, dans un éclair s'envolent de son cœur et son âme, les maux,

Il ne bade qu'elle et quand glisse l'oripeau, il est ébloui,

Un sourire l'illumine, le nuage d'une robe apparaît, il revit,

Elle s'approche de lui, ils se prennent les mains,

Ils se jurent l'amour dans chaque lendemain.

Il la voit telle qu'elle est avec toutes ses fragilités,

Tombé amoureux d'elle dans son plus simple aspect.

Dans une boulangerie, face à un cake doré et un café,

Deux êtres que rien n'aurait pu faire se rencontrer,

Se donnent tous les rêves d'une vie qui ne sera jamais assez.

La tête pleine, ils se promettent demain de réunir leurs parents,

Ils seront à la fête de se retrouver dans un présent.

Et la princesse rassurera sa maman et son père,

Elle calmera les inquiétudes et les éventuelles colères.

Puis arrêtera les recherches de police sur sa vie cachée,

Ce n'était pas un enlèvement, juste un désir de liberté.

Le bien d'une robe sans apprêt, que nul ne condamne !

Car sans aimer la simplicité, elle aurait oublié son âme.

Au diable toutes les rancunes et les mots, le passé,

Si elle ne peut pardonner, qui fera-t-elle rêver ?

En Ann l'amour inonde, elle remercie Gabin des yeux,

Le boulanger âgé est touché, pour elle si heureux.

L'aimant ou le prince, qu'importe, c'est lui,

Lui qui à cet instant veut lui dévouer sa vie.

À cette Pauvr'Ann, cette femme, cette moitié,

Une part de lui-même, un double, sa bien-aimée.

Dans la vitrine se diffuse un rai de lumière,

Emportant avec lui deux êtres sur une autre terre.

Et dans une auréole se déployant autour d'eux,

Ils s'enlacent, ils s'embrassent, ils sont amoureux.

 ÉPILOGUE.

L'amour est un feu que l'on attise, ne pas l'étouffer,

Nous sommes seuls responsables de son intensité.

Il n'y a pas de coupables, juste des mémoires oubliées,

Le conte de Pauvr'Ann est un hymne à la volonté.

Celle qui dévoile qu'être nous vaut toutes les difficultés !

Il n'y a pas de tourment qui ôte l'envie d'espérer,

Alors si dans ce conte vous ne voyez que la fin,

Regardez les gestes, les plus simples, d'un quotidien,

Ce que vous oubliez de faire, que Pauvr'Ann a fait,

Dans une décision ardue, mais bien tranchée.

Qui peut vous paraître futile et peut-être inutile,

Mais dont le choix, le « Non » se révèle difficile.

De disposer sèchement dans sa vie d'une situation,

Pour donner à votre temps de plus belles saisons.

Parler « d'amour » à toutes ces personnes, qui vous aiment,

Que vous avez autour, qui avec maladresse dispensent et sèment.

Des sentiments qu'ils ont et dont ils n'ont qu'une définition.

Notre existence ne se résume pas à un prince, une union,

Elle a de consistance que si nous partageons.

Qu'à cela ne tienne si de poésie ou autre façon,

Apprendre à recevoir, il faut d'abord donner.

Ce conte délié de vers a souhaité conjuguer,

L'innocent espoir de tous les temps du verbe aimer.

STELLA

Quand la Corse, d'un vieux conte oublié, vient rejoindre le présent. L'enfance de tous les rêves et d'un apprentissage, où l'on peut trouver en chaque être le meilleur comme le moins. Stella entre réalité et imaginaire, entraîne la question de ce qui est d'un côté ou de l'autre. Mais finalement, l'essentiel est l'amour dans un sens large au travers d'un mot, l'espoir.

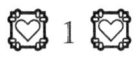

PROLOGUE

Dans la forêt de Vizzavona, au cœur d'une clairière à l'abri de tous les regards et de tous les tourments, vit Stella.[8] Il y a dans ce lieu une paix, loin de tout, loin des autres.

Un jour de printemps, elle est venue de nulle part, sans aucun autre lien que la nature. Une enfant en haillon, cheveux de la noirceur des hommes, les yeux du vert de la mer qui entoure son île, erre depuis que la fureur des vivants a dévasté les siens. Elle communique avec des êtres imaginaires, comme le font souvent les enfants, mais pour Stella, c'est différent. Les fleurs et les oiseaux lui parlent, les éléments résonnent en elle comme les vents qui balaient la plaine.

Mais est-ce des êtres faits de chair et d'os ou issus de son imagination ? Qui sait ! Depuis des

---

[8] Stella : une fée de Corse, elle réalise 3 vœux, mais peut punir aussi. Elle apparaît toujours dans un nuage de brume.

années, elle a les visions d'un homme qu'elle appelle tonton Mazzeru. Il a pris en charge Stella quand de fuir les gens du village elle a grandi dans le maquis, près de lui. Il a été là pour elle. Lorsque ses quinze ans ont sonné, elle a construit de ses mains douces et fragiles, une petite masure, sans confort, sans présence autre que lui. Elle amène la lumière, partout où ses pas avancent. La toilette et les beaux habits ne sont pas une priorité, et du plus simple Stella se suffit. Ses cheveux longs et sales, ses habits déchirés, ses pieds aux ongles si longs dont les chausses de vieux tissus sont devenues des souliers, mais peu importe, elle est heureuse.

Le Fulminato apporte l'eau fraîche, elle ne compte plus les fois où son oncle lui a demandé de soigner son corps dans son eau pure, mais elle s'y est obstinément refusée. Stella crie qu'elle en mourrait, s'il la forçait à le faire. Vivario est le premier village en traversant la forêt de chênes-lièges. Au cours des années passées, elle a cessé d'observer les autres, elle les a oubliés. Avec les croyances pieuses et leurs superstitions engendrant la bêtise et la peur, les gens ont créé à son égard, une haine sourde et un jugement rédhibitoire. De la nature, des herbes et de la bonté de son âme, elle a acquis un havre de paix dans lequel, elle s'est épanouie avec Mazzeru, sa seule famille. De certitudes ou d'envie s'est créée une relation bien peu commune, mais c'est ainsi qu'elle a choisi de vivre. Au fil du temps qui passe, elle se conforte dans un bonheur semblant impérissable.

LA RENAISSANCE.

Depuis plusieurs jours mon oncle a disparu, où es-tu Mazzeru ? Je te parle et tu ne me réponds pas…plus. Mon anniversaire, aurait-il un lien ? Il y a déjà vingt printemps que mon chemin a élu son domicile dans cette clairière, pourquoi ce silence ? Ce jour j'ai pris une décision, je vais me rendre au village après soigné les animaux, mes protégés et ramasser quelques herbes précieuses déjà en fleurs. J'ai rencontré cette semaine au rocher quelques curieux et le destin a fait qu'ils ont eu besoin de moi pour des écorchures. Depuis lors, les villageois n'ont plus cessé de me solliciter pour soulager leurs maux. Ils semblent être heureux dans leur prodigalité alimentaire, mais ils devraient, sans nul doute, renoncer à se nourrir avec trop de viandes et de matières grasses ne causant que des ennuis de santé ! Il serait nécessaire qu'ils cessent de chasser les sangliers, les lapins et autres animaux que je chéris et au milieu desquels j'ai grandi. J'ai parfois élevé leurs progénitures lorsque leurs parents avaient été lâchement abattus. Peut-être pourrais-je leur proposer quelques herbes laxatives pour leur donner une leçon ! Non, je serai une bonne âme, je leur apprendrai à aimer la nature. Quelques plantes médicinales, quelques baies et ils seront dans une bien meilleure forme et peut-être, seront-ils plus enclins à respecter la vie animale !

Malgré ma jeunesse, je me sens parfois plus mûre que je ne devrais l'être. Je ne regrette rien de cette solitude, pourtant l'absence de mon oncle m'inquiète. Il ne m'a jamais laissé aussi longtemps sans nouvelle. Le promontoire où je dépose mes préparations est mon seul contact avec les villageois. Ils restent à bonne distance et m'adressent leurs suppliques à voix haute, tout en me lançant « Strega[9] » quand ils ont leurs breuvages.

J'ai à peine vu le temps passé, les courbes de mon corps se sont épanouies et ma longue chevelure brune est ternie par les nœuds et la poussière. La seule présence que j'acceptais et qui me rassurait était celle de Mazzeru. Parfois, il me semble deviner sa présence quand je m'enivre des odeurs de la forêt. J'ai grandi auprès de celui que tous craignent. Souvent, la rumeur avait rapporté que j'avais été tuée par un fou ! Bien au contraire, il m'a aimée choyée d'une affection dénuée d'artifice, au milieu de la nature. Je me nourris de

---

[9] Strega : sorcière étrange, antipathique, crainte.

mes cueillettes qui comblent aujourd'hui les villageois. Je ne sais rien de ce qui m'entoure, mon monde est à Vizzavona.

Ce matin comme tous les autres, je me rends dans le sous-bois qui m'apaise pour cueillir des baies, des racines et quelques asperges au bord de la rivière. Je m'approche d'une vasque d'eau claire, mon esprit s'y repose en s'évadant parmi ses remous. À la pensée folle de rejoindre les poissons, me voilà immergée tout habillée. Dans un courant réchauffé par le soleil, je me dévêts, j'apprécie cette fraîcheur sur ma peau nue. Je frissonne et de mes mains je parcours mon corps, je lave mes cheveux et je découvre une personne que je croyais connaître, moi. Je m'extrais et m'installe sur une pierre tapotant la nappe avec mes pieds, je m'amuse avec mon couteau sur la roche. J'observe les ronds de l'eau et les éclaboussures, elle se calme et je vois mon visage se dessiner dans un reflet. Pour la première fois, je regarde mes traits, j'ai tardé à écouter les conseils de mon Mazzeru, mais j'en convaincs, l'eau sur le corps est un bienfait. Je tape maladroitement sur ma chevelure puis je les lisse entre mes doigts et je souris, satisfaite de cette nouvelle image. Je m'allonge sur la pierre grise et rose claquant mes mains dans la source froide et aspergeant ma face. En ouvrant les yeux, les gouttes perlent sur mes joues puis le long de mon cou. À côté de mon visage dans l'eau transparente, Mazzeru est présent :

— Mon enfant, tu m'as enfin écouté.

— Oh, Mazzeru ! Tu es surtout enfin revenu ! Tu te cachais ? Tu es là par ce bain pris à l'instant ? Il ne fallait pas que tu me craignes ! Regarde, j'ai cueilli l'albitru[10] et d'autres racines…

— Te craindre ! Mais de quoi parles-tu ?

— De mon apparence, de ton absence, à quoi voudrais-tu que je pense ?

— Ton petit air de sauvageonne ? Ça ne me dérange pas, en plus j'apprécie d'observer que tu as compris mon enseignement. Je ne te crains pas, j'ai veillé sur toi. Et tu n'es jamais seule.

— Si…je te parle chaque jour et tu ne me réponds plus !

— C'est parce que tu ne me voyais pas ! Tu as fini de grandir, tu n'as plus besoin de moi. Et n'as-tu pas pris une décision ? Tu rencontres des villageois, tu as des contacts avec d'autres personnes maintenant.

— Mais je ne souhaite pas les voir ! Ils me craignent, je le sais bien. Toi, tu es là et ça me suffit, d'ailleurs tu l'as toujours été et dans cette terre, je

---

[10] Albitru : Arbousier de la famille des bruyères.

suis chez moi. Tu es partout et je me sens protégée. Je les ferai partir ! Je ne répondrai plus à leurs demandes.

— Stella, sois raisonnable. Je reviendrai, j'ai tant à faire, plus encore maintenant. Retourne dans l'eau, baigne-toi et continue d'aider tes semblables.

— Ils ne sont pas comme moi ! Ne t'en va pas, je t'en prie ! Non !

Je pleure en remuant ma main plusieurs fois dans l'eau, mais je ne vois que ma mine ondulante au gré des ondes oscillantes jusqu'à ce que les remous cessent. Je suis envahie d'une tristesse, la sensation d'un abandon. Je reste jusqu'au soir en croquant les baies comme seul repas. Je suis désespérée et sous un ciel sombre de pleine lune, je rentre à la cabane ressentant plus fort ce qu'est la solitude.

Les années sont passées, déjà vingt-cinq ans, les paysans, leurs femmes et leurs enfants continuent de venir au rocher pour guérir de maux ou faire appel à ma sagesse. La solitude qui m'a envahie au bord du Fulminato se comble de ces gens qui vont et viennent. Je sais que ce n'est qu'un voile, un pansement de mon âme. Mazzeru ne me rend plus visite, alors mon existence sans lui devient tout autre. Tous les matins, je ramasse les baies et les plantes diverses avec des racines.

Quant aux après-midis, je prépare les décoctions avec la rigueur apprise auprès de mon oncle. Le soir, je vais me baigner. J'ai obéi à sa dernière demande, j'ai coupé mes ongles et lissé mes cheveux en une natte. Je plonge et replonge dans cette eau froide avec le sentiment de me purifier. J'ablutionne mon corps, mon visage ambré et mes yeux mordorés étirés vers mes tempes comme ceux d'un félin s'abreuvent du paysage. Je pense souvent que je suis à l'opposé de ces femmes qui viennent, aux mains calleuses et aux odeurs de cuisine. Moi, je ne sens que les parfums des fleurs et des herbes, le contraste entre moi et les autres détonne vraiment. Et de ces temps où je lui parle, je ne peux m'en défaire, même si je demeure sans réponse de lui. Parfois à mon réveil je suis dans un endroit différent de mon coucher, comme si la nuit dans un sommeil je parcourais le maquis pour le retrouver.

Je me remémore l'un de mes premiers bains, il y a cinq ans. D'un esprit docile ne me caractérisant pas, juste pour obéir à Mazzeru, même si j'avais tenu longtemps sans le faire. J'ai été bien obéissante et je dois l'avouer aujourd'hui, mon épiderme trouve bien plaisant de s'éveiller aux courants. Je me souviens de ce jour où j'ai couru pour me dérober à la ruée d'un sanglier. J'y avais plongé, c'était froid, frissonnant et j'avais aimé sentir ma peau se tendre et de frémissements envahir mon être. De la peur ou d'une jouissance d'y avoir échappé, je ne le sais pas encore, mais j'y suis restée au moins deux heures, jusqu'à ce que mon être s'y habitue. U cignale[11] avait été là, et comme s'il comprenait, la laie s'entêtait sur le bord, parfois couchée et leurs marcassins faisaient le tour, en marquant leur impatience. Ils finirent par s'éloigner, se retournant pour ne pas être trompés. J'en suis sortie frigorifiée, mes cheveux formant une auréole, m'entourant comme des algues longues rejoignant les rochers. J'avais eu l'impression de naître, l'air frais balayant mon corps mouillé, ma tignasse raidie, battante sur mes cuisses et mon visage tendu comme si on lui tirait dessus. Je ressentais tout plus fort encore. La semaine qui a suivi, j'ai eu des hallucinations et j'ai cru mourir de fièvre, mais par un miracle inexplicable, j'ai survécu. Par la suite, chaque odeur, chaque mouvement de l'espace m'entourant au bruissement des arbres avaient en moi une autre résonnance.

Je souris en observant ma cabane. J'y ai vécu tant d'années en compagnie de Mazzeru en harmonie avec la nature, sans me préoccuper de plus que de veiller à la vie animale et florale. Mon oncle m'avait prédit que les hommes viendraient à moi. Il avait raison. Au fil du temps, ils se sont révélés gentils, sensibles, mais aussi cupides et faibles. Ils avaient toutes les émotions qui faisaient

---

[11] U cignale : sanglier.

d'eux des êtres ni vraiment bons ni mauvais. Il suffisait de ne pas s'impliquer, juste les entendre, leur tendre une fiole et ils retrouvaient le sourire. Étranges personnes, mais je m'y suis faite.

Certaines villageoises me paient avec des œufs, des vêtements, du pain, des fromages et tant d'aliments jamais goûtés. Les premiers eurent mon émerveillement au palais. Des habits sans trous et des sabots sont même à mes pieds. Tout n'est que changements depuis le départ de Mazzeru. Quant aux robes, elles me donnent le sentiment en les portant d'être comme les autres. La beauté physique m'est étrangère, ma vie je ne la dois qu'à la nature et mon seul souhait veiller sur ce qui y vit. Je ne suis pas une Strega, ah ça non ! Les regards des gens ont changé, même si la crainte demeure. Je n'en ai que faire ? J'ignore ce qui les effraie, car j'ignore ce sentiment.

L'automne arrive à petits pas, les châtaigniers laissent tomber leurs fruits. Je cours et danse au milieu des feuilles. Près de la grotte, je m'arrête, j'entends quelques bruits, mais je continue à sautiller puis à nouveau...je me stoppe brusquement. Une plainte, mais qu'est-ce donc ?

Dans un fourré, un homme est allongé, blessé, râlant de souffrance. Autour de lui, il y a des lumières qui m'interpellent, je me rapproche, son visage est couvert de sang, une mauvaise blessure à la jambe saigne abondamment. Je pose ma besace emplie de châtaignes et m'abaisse. Je mets ma main sur son front puis rassurée, je me relève. Il va vivre. Je me saisis de branches après avoir mis une sangle de tissu pour serrer sa cuisse. Un traîneau dans un tressage de bois rapidement exécuté, je hisse l'homme avec difficulté. Une fois bien installé, je le traîne jusqu'à ma cabane. Un bon feu et quelques préparations, je dois m'atteler à la guérison de cet homme. Il devrait vivre, mais cette nuit demeure capitale et s'il la passe ce sera une bénédiction.

ONCLE MAZZERU[12].

Je suis Mazzeru, l'âme errante qui met en face de leur tragique existence les êtres perdus. Je suis la tempête Adrian, je suis la houle et l'ombre. Avoir rencontré Stella m'a donné un cœur, celui oublié depuis fort longtemps. Ses mains menues, ses guenilles ont touché mon esprit, je lui suis apparu et je n'ai pu m'en détacher. Je veille sur elle, mais sans moi, elle doit exister. Dans les villages de Corse, on m'appréhende, on me craint. Mais ce n'est qu'eux leur plus grande peur et quand je me présente c'est pour leur révéler leur petitesse et leur cupidité, sauf Stella. Elle est autre, elle est tout simplement. Elle est cette partie de moi qui ne s'est éveillée qu'à sa vue dans son jeune âge et sa fragilité. Elle a grandi sous mon enseignement de la valeur des plantes, de leur terre, de l'eau et des

---

[12] Le Mazzeru : Le sorcier. Doté de pouvoir surnaturel pouvant donner la mort de façon magique. Sort la nuit, peut tuer un animal qui une fois mort aura le visage d'une personne qu'il connaît et cette personne mourra peu de temps après. Voit ce que les autres ne peuvent pas voir.

vents. Je la regarde, elle parle seule, croyant que je ne l'entends pas et je me garde de lui répondre. Pourquoi me direz-vous ? Parce que j'ai décidé à l'aube de ses vingt ans de la laisser découvrir les autres gens comme elle. Ces villageois qu'elle fuit et qui pourtant font partie de son monde. Depuis notre rencontre, je me faufile dans le maquis et les enfants, j'ai choisi leur innocence à protéger. Les rares adultes qui se perdent dans les sentiers, en guise de mes bons soins finissent fous ou affamés dans un bois, ignorés de tous et c'est leurs cris qui se mêlent au glatissement[13] de l'agula[14].

Chaque soir sous un abri de fortune, je racontais les contes de ma vie à mon petit trésor, ce présent des chemins que je connais tant. Elle a su donner un ciel différent de sa seule présence, ma Stella. Elle a poussé comme la plus belle des plantes de notre terre, s'endormant sur les récits de mes souvenirs. Elle croyait quelques inventions et jamais je ne lui avouais qu'avant elle, c'était mes compagnons. J'ai tourné les pages de mémoire et narré que sans son sommeil le Fullettu[15] viendrait, dénuderait son corps et lui mettrait la fessée. Elle fermait ses paupières si fort que je ne pouvais

---

[13] Glatissement : cri de l'aigle.
[14] L'agula : L'aigle.
[15] Le Fullettu : Follet ou Lutin. (empêche de dormir en jetant un seau d'eau, frappe dans ses mains de fer, il met tout nu et tape sur les fesses, on ne le voit pas, mais on l'entend rire et taper des mains)

qu'en sourire, lui annonçant que de la poussière étincelante des fées[16], son repos serait entouré. Après les soirées innombrables au cours des années où je l'ai veillé, elle me disait que si d'une histoire je ne pouvais l'endormir, elle appellerait les démons pour m'effrayer. Si elle savait que j'en suis un ! Stella est maligne pourtant elle ne s'en est jamais doutée ni hier ni maintenant. Quand elle était moins sage, je lui parlais des Incantori[17] en grimaçant, faisant des gestes dans la pénombre, cela formait des ombres noires et je lui racontais que leur annuchjatu[18] s'abattrait sur elle, Stella en riait. Étonnante enfant qui semblait s'amuser de tout et n'avoir peur de rien. Après tout, n'avait-elle pas fait de ses jolies mains la cabane et n'avait-elle pas assuré sa survie dans cet endroit loin de tout ? Bon, je sais…de mes conseils, elle a appris et d'elle le temps d'un temps j'ai cru que j'étais en vie.

Pendant les années où je venais la nuit, j'ai découvert son courage, sa bonté pour de petits animaux qu'elle protégeait au creux de son ventre et nourrissait de pousses qu'elle cueillait pour elle. Combien de fois, je l'ai vu se priver et ne plus manger pour les sauver ! Les jours se sont égrenés

---

[16] Les Fées : la Fée d'Alisgiani, belle, cheveux étincelants dont les hommes tombent amoureux et quand ils se croisent, elles sont synonymes de fortune, bonheur, richesse.
[17] Signadori ou Incantori : sorciers. Don de soigner-> ochju selon un rituel.
[18] Annuchjatu : envoûtement.

et d'elle, je me suis attaché. Chaque fois qu'elle me parlait, j'apparaissais, négligeant autres âmes qui vivent. Je ne pensais qu'à elle. Oncle Mazzeru a-t-elle fini par me nommer et j'ai cru quelques années, passées en un clignement de cils, qu'à deux nous pouvions être une famille. J'ai oublié un temps que je ne faisais qu'apparaître et au son de sa voix, je croyais être.

Je lui ai enseigné la valeur de notre terre, de chaque forme de vie et de s'alimenter de baies, de fruits, de racines et d'herbe. Je l'ai si bien avisée que la chair des animaux ne pouvait être mangée, que le Porcafonu[19] saurait venir pour la gronder. Mais elle riait de plus belle et avait déjà compris que ce qui vit de bêtes, même les plus étranges, elle ne s'en serait pas nourrie. Elle a si vite appris les mélanges et autres infusions pour guérir les maux avec une sensibilité pour entrer dans mon monde et croire qu'il est égal à sa réalité. Bizarrerie paradoxale de sa fraîcheur candide prête à tout accepter, tout comprendre et s'irradier de sourires chaque fois. Je l'ai aussi mise en garde en novembre pour la Toussaint, de déposer sur sa fenêtre quelques présents pour ne pas contrarier les revenants[20]. J'ai pris soin de la sermonner et de

---

[19] Porcafonu : Dieu des cochons, son apparition porte richesse et bonheur si l'on ne mange pas/plus de cochon (respect de l'animal), apparaît une fois par siècle.
[20] Les revenants, selon la tradition corse, la veille de la Toussaint on doit faire présent sur le rebord d'une fenêtre de

le lui rappeler jusqu'à ses vingt ans, en souhaitant qu'elle le retienne. Elle semble veiller à tout et s'y attacher plus que je le lui demandais.

C'est une enfant encore, mais j'ai dû partir, empêcher que dans les campagnes non loin du col de Pruno la mouche de Freto[21] animée par sa colère revienne et mette un terme à la vie. Je n'ai pas pu en parler à Stella, elle s'est créé un monde d'où je devais m'exclure. Je lui ai dit de rejoindre les villages, d'avoir avec les gens quelques contacts. Elle deviendrait ce qu'elle devait être, mais sans moi et cela me pèse du voile de la tristesse. Stella a pris tout ce que je pouvais lui donner et moi, je fais ce que j'ai toujours fait, m'en aller. Les appels qu'elle envoie en parlant aux éléments, je les entends encore, mais je dois les ignorer. Il y a bien quelques mauvaises personnes que je perds inlassablement dans leurs esprits, mais j'en viens presque à penser qu'ils n'auraient pas eu besoin de moi dans le brouillard de leurs idées déjà sombres et tourmentées.

Stella manque à mon existence et je ne peux m'ôter l'envie de l'observer, veiller encore sur elle. Je reste dans ce côté morose, mais elle, elle garde

---

pain, eau, châtaigne, etc, sinon la malédiction des revenants qui reviennent et hantent les personnes les ayant oubliés.
[21] La mouche de Freto : du nord au Sud, là où elle se pose les gens meurent, toute vie, quelle qu'elle soit s'éteint. (Col de Pruno, chaine de Coggio,...)

son sourire. Elle a même baigné son corps dans le ruisseau. Elle a des contacts quotidiens avec les gens, parfois elle rouspète le silence et mes absences puis le soleil revient sur son visage et je m'évapore, rassuré. Je suis confiant pour son avenir. De mon départ, elle en a fait cette force imperceptible pour elle, de quelques bains, de vêtements, sa crinière de jais lissée et là, l'éclosion de sa beauté. La dernière étape de mon enseignement, elle l'a appris seule, mais non loin d'elle je suis resté.

Ce matin, je la regarde, la végétation amène la saison des châtaignes, elle se lève et déjà chantonne. J'ai tant aidé les villageois sans lui dire avant de quitter sa vision, car oui, Stella me voyait sans qu'il y ait de raisons. J'ai un mal difficile qui me ronge pour demeurer invisible à son regard. Stella a habillé ses courbes restées juvéniles, enveloppées de tissus, elle est chaussée de sabots et ses longs cheveux s'envolent dans l'air. Elle continue de ramasser les pousses blanches, l'albitru et d'autres fruits, mais aussi des racines ; de nombreux breuvages et potions pourront être faits. Son panier plein, elle poursuit à cloche-pied, une musique au bord des lèvres, je l'observe, elle m'émeut.

Mais que vois-je, elle s'arrête ! Non, elle…mince ! Stella a vu Simonè. Je l'avais presque oublié. Je croyais l'avoir bien caché sous quelques feuillages, je n'avais qu'une idée être là pour le lever aux yeux et la bonté de ma Stella. Et puis, c'était une rencontre sur le chemin de mon retour, ce pauvre bougre avait tant bu qu'il n'avait pas besoin que je le condamne d'un mauvais sort, son existence l'était déjà ! Quoi ! Elle fait un brancard de bois, elle le hisse dessus ! Mais ce n'est pas possible, elle se dirige vers la cabane. Jamais, oh grand jamais un autre être qu'elle devrait entrer dans sa maison ! Sauf moi, mais moi, c'est différent !

♡ 4 ♡

LA GUÉRISON.

— Oncle Mazzeru, je t'en supplie, vient, j'ai besoin de te voir.

Je n'ai que souci, la fièvre ne tombe pas, il a passé la nuit, mais il n'est que sueur et délire. Pourquoi n'a-t-il pas encore relevé le rideau de ses paupières ? Pourquoi mes onguents et filtres ne l'ont pas sorti de ce coma ? Et mon oncle brille de son absence ! Il n'est jamais resté si loin, il me dit partir pour des affaires, mais quelles « affaires » peuvent l'éloigner des semaines, des mois, même des années ? Depuis notre première rencontre, pas un matin, ni un soir, il n'a été absent. Je le ressens parfois, mais je ne le vois plus, j'ai tant à faire maintenant, peut-être…non, il ne faut pas ! Mais que dis-je, Mazzeru me l'a expliqué un jour, je suis la seule à le voir, à pouvoir lui parler, pouvoir me blottir dans ses bras dont la chaleur égalait celle du soleil quand mon âme avait froid. Je dois accepter son absence même si je ne la comprends pas ! J'ai tellement besoin de ses conseils pour cet homme affaibli, défiant la mort en restant en vie. Je vais sortir ramasser quelques branchages et je ramènerai un baquet d'eau bien fraîche. Quelques compresses et un bouillon de sauge pourront le requinquer, chasser ce qui envahit son corps et lui ôte l'envie de se réveiller.

Au Fulminato, je dépose le fagot et emplis le seau. Je ne peux résister à me dévêtir et nue, je plonge dans les eaux en me laissant porter par les remous. Mon épiderme frissonne, je ferme les yeux, je me fonds dans l'air et le courant. Je sors après un temps que je ne peux évaluer. J'ai toujours cet engourdissement quand je m'extrais de ces bains. Je me rhabille et me penche, ajuste mes cheveux, les natte à la hâte puis un sursaut, mon reflet se modifie et Mazzeru m'apparaît :

— Mon oncle, enfin tu es venu ! M'as-tu entendue ?

— Mon enfant, je t'entends. Mais je ne peux plus t'accompagner chaque jour, tu le sais.

— Oui, ça va…ça va, je sais j'ai grandi.

— Et tu te débrouilles seule maintenant.

— Grâce à tout ce que tu m'as appris ! Sinon, je n'aurais rien pu faire.

— Tu réussis tout, je ne t'ai que rassurée. Tu as besoin de me parler ?

— Mon oncle, si tu savais…

— Je sais.

— Comment pourrais-je aider cet homme ?

— Tu as fait ce qu'il fallait, mais jamais tu n'aurais dû le mener dans la cabane.

— Je ne pouvais le laisser là où je l'ai trouvé !

— Je l'aurai abandonné et toi, tu as fait entrer un démon qui à ce jour est demeuré indompté.

— Mais que me dis-tu oncle Mazzeru ? Un homme blessé est une vie que je dois m'efforcer de sauver, n'est-ce pas ce que tu m'as inculqué ?

Le reflet s'estompe et mes traits réapparaissent, je n'ai pas eu de réponses. Mazzeru semble bien décidé à n'être pour moi maintenant qu'une ombre, j'ai tant besoin de lui. Je rentre pensive. Armée de ma volonté, j'ouvre ma porte et me rapproche de l'inconnu allongé sur mon lit de mousse. Il n'y a pas dans mon esprit de doutes sur mes actions, je dois continuer et faire que sa santé soit en peu de temps retrouvée. J'imbibe des compresses et lui pose sur le front, je rassemble mon courage et découpe sa chemise déjà bien déchirée puis j'humecte son torse de la fraîcheur de l'eau. Je réserve une partie que je fais réchauffer dans l'âtre après avoir déposé le fagot et une belle bûche. Le récipient sur le feu et le liquide commence à bouillir, je m'empresse de prendre un bouquet d'Hélichryse[22], je le jette dans la marmite et le laisse infuser. Avec un peu de farine, je ferai des cataplasmes qui aideront la cicatrisation des plaies. Un râle résonne, il survivra j'en fais le serment.

Les semaines se sont écoulées, l'inconnu se lève et m'accompagne dans chacune de mes balades. Il s'instruit même du nom des plantes du maquis et apprécie ma cuisine où le carné n'a pas de présence. Il s'appelle Simonè. Depuis que les villageois viennent au rocher me porter leurs souhaits et me rétribuent d'aliments ou ingrédients variés. J'ai appris à faire le pain et les brioches, après avoir bataillé avec des pierres pour construire un four. La farine que l'on me mène avec un peu de sel produit à la cité du sel[23] et quelques œufs bien frais me permettent bien des recettes.

— Stella, tu ne m'as jamais dit pour quelle raison tu ne vis pas au village, tu aurais plus de confort !

— Parce que c'est ici chez moi ! Je n'ai pas besoin de plus de confort, c'est tout.

---

[22] Hélichryse : plante phare du maquis corse, appelée aussi immortelle. Propriétés cicatrisantes et régénératrices.
[23] La cité du sel : Porto-Vecchio où il y avait des marais salants depuis 1795, abandonnée dans les années 2000.

— Oh, très bien ! Je ne voulais pas t'offenser, mais tu sais que je vais m'en aller. Ma vie n'est pas ici.

— Je le sais, tu dois encore te reposer. Quand tu le souhaiteras, tu partiras.

Je me détourne, il ne doit pas voir mon émoi. Depuis qu'il s'est éveillé, je ne parlais plus à Mazzeru ou si peu. Simonè va s'en aller, j'avais pris l'habitude d'une présence, alors qu'avant je n'avais besoin de personne de plus que mon oncle. Voilà que cet inconnu va me manquer. Je ne connaissais pas cette sensation, cette émotion. Il est vrai que quand je rendais la liberté à un animal blessé, soigné et choyé pendant…parfois, des semaines, j'avais un pincement. Mais de le voir fuir un lieu protégé vers cette liberté où je ne pourrai plus veiller sur lui avait en moi une satisfaction. Simonè ressemble à l'agula[24] sauvé d'un piège quand j'étais enfant, Mazzeru m'avait expliquée, je refusais de l'accepter, mais aujourd'hui j'ai compris, mon cœur se serre. Je sors de la cabane, laissant Simonè faire un feu dans l'âtre. Je cours, je cours de plus en plus vite, je ne vois pas ce qui m'entoure, seules des odeurs m'envahissent dans un mélange hirsute où le chant des animaux se mêle :

---

[24] L'agula : l'aigle.

— Mazzeru ! Mazzeru ! Mon oncle, viens !

Je m'effondre au pied d'un arbre que je serre si fort dans mes bras que l'écorce érafle mes mains et ma joue. Je pleure.

L'INGRAT

J'entends les cris, son cœur qui s'emballe. J'aperçois ma Stella en peine face à ce pour laquelle je l'avais protégée. Lui apprendre comment être, comment survivre, comment vivre était si facile, mais contre cela je ne puis rien. Je dois la regarder, je ne dois pas l'aider et je ne le peux, seule elle doit affronter. Il n'y a pas de conseils, il n'y a pas de potion ou de préparation pour ce genre d'émotion ! Je ne sais pas faire, j'entends les peurs, les désarrois, j'offre le pire pour le meilleur à ceux qui sombrent. Depuis Stella, les enfants sont mon unique tourment. Ce Simonè, je l'aurais laissé, victime de ses actes, pourquoi m'y serais-je intéressé ? Il avait bu, malmené par les tenanciers. Il était parti croyant rejoindre son village, il s'était perdu et a fini par tomber. Et voilà que ce Simonè se retrouve dans les fourrés sur le chemin, non loin de la cabane de ma Stella. Je l'ai banni de quelques incantations, mais je n'aurais pu prévoir que son cœur pur l'aurait vu ! Elle qui voit l'impossible, les deux mondes qui se conjuguent sous les yeux de tous, mais qui pour eux demeurent invisibles. Elle est unique et elle l'ignore, comment aurais-je pu le lui dire ?

Après tout s'il souhaite partir, qu'il le fasse et qu'il cesse ce comportement qui fait mal à Stella ! Je ne sais combien de temps je pourrais observer sa souffrance, j'enrage ! Stella se relève, monte son jupon à son visage et l'essuie puis elle l'enfouit dans un sanglot. Je dois intervenir, je puise en moi les forces de cet amour qu'elle a animé, j'invoque les éléments, des plantes et racines se meuvent autour d'elle. L'agula mon ami se pose sur une branche se courbant vers elle, Stella lève ses yeux, ses lèvres et son nez blottis dans le tissu, elle plonge son regard dans celui du rapace. Des secondes comme des minutes s'installent dans l'instant. Stella rabat quelques mèches collées de larmes derrière ses oreilles et parle à l'animal, aurais-je sorti son esprit de la peine ?

— Qu'as-tu Agula ? Oui, je pleure. Je ne connaissais pas ce pincement qui étreint mon cœur.

L'aigle glatit.

— Quoi ? Tu veux que je cesse ? Ne te secoue pas, tu sembles me juger, mais je ne peux raisonner mon sentiment.

Il incline sa tête et déplie ses ailes puis les ramène près de son corps. Il faut qu'elle comprenne qu'elle doit s'en retourner, sécher sa peine et laisser ce manant s'en aller !

— D'accord, d'accord, je vais rentrer, laisse-moi prendre quelques écorces et je vais retourner dans ma cabane.

Agula se redresse et s'envole en tournoyant au-dessus d'elle, il a transmis la force à ma petite Stella. Je la suis par les herbes, les buissons, les arbres, elle a plus d'assurance dans ses pas. Ses bras entourent la croute de liège et autre habillement des feuillus couverts de mousse fraîche. Elle est bien cette enfant, la douleur se guérira du temps et de ces bois fera quelques décoctions et pates bien utiles aux soins. Ses gestes ont l'habitude et elle n'oublie aucun de mes enseignements. Je suis apaisé, mais je vais tout de même rester dans son ombre et s'il faut de cet homme j'en ferai mon affaire ! Bien assez de bonheurs il a profité et il demeure ingrat de ne pas vouloir s'éterniser ! Elle arrive dans la cabane, elle s'attèle dans des mouvements mécaniques de ce qu'elle sait faire depuis bien longtemps. Je sens encore sa détresse, mais elle est forte. Cet indigne s'approche, mais diantre qu'il parte !

— Stella, j'ai réfléchi et à m'en aller, j'y vais maintenant. Ne t'inquiète pas je te rendrai visite.

Je l'observe, elle a les yeux vissés dans le foyer et avale péniblement sa salive.

— Vous êtes guéri, Simonè et même si vous devriez encore vous reposer, je ne puis vous obliger. Votre route doit reprendre. Oubliez le sentier, je n'aurai plus de votre visite la nécessité.

Bien répondu, qu'il s'en aille, allez…allez, oust !

— Stella je vous remercie de m'avoir soigné, sans vous je serai mort dans ces fourrés piquants.

— Disons que c'est plus de beuveries que de vos blessures, que votre décès serait venu. Faites bon usage de votre vie. Bon chemin.

Simonè s'en va enfin. Stella ne bouge plus, qu'a-t-elle ? Oh, non ! Son visage est grimé de tristesse, rien ne transparaît, mais son corps est déchiré de souffrance.

— Je vais faire bouillir un peu d'eau. Tiens, il ne m'en reste guère, ce sera bien suffisant ! Voilà, il est parti, sans une once de regret sur ses traits. A-t-il pensé à ma présence chaque minute de sa convalescence, nos balades, nos rires ? C'est donc ainsi que les hommes remercient ? Je devrais me faire à son silence. Après tout jusqu'à lui j'étais seule ! Mazzeru me manquait et il n'y a que lui qui a ma révérence pour tout ce qu'il m'a donné.

Qu'elle est douce cette petite, elle a encore de l'attention malgré mon absence. Mais j'ai pris le temps de lui expliquer, le soin pour qu'elle comprenne, devenue femme je ne pouvais rester !

Elle n'a jamais cru aux contes d'enfants que je lui racontais ni plus ni moins que mon réel en vérité. J'ai préféré la laisser ignorer ce que nous étions, le moment viendra où elle l'apprendra. Lui en apporter la connaissance dans la douceur de nos veillées, cela était bien suffisant. Mais où est donc Simonè ? Je le perçois au village, il s'encanaille et boit, il a repris sa vie sans tenir compte de sa mésaventure et ce moment au creux de ma forêt dans la cabane de Stella. Triste, bien triste ces hommes, que ma petite n'en découvre pas la vérité, sa blessure ne pourrait se soigner.

STELLA

Il y a maintenant plusieurs semaines que je suis seule, je ne fais que ramasser de nouvelles herbes et j'en découvre les propriétés médicales, culinaires ou plus simplement odorantes. Depuis le départ de Simonè, je ne parle plus, n'appelle plus mon oncle et je ressens le poids du silence. Saviez-vous qu'il fait grand bruit ? Le « silence » chante à mes oreilles. Entre les paroles de ce qui vit, vient s'ajouter le brouhaha de ce calme.

Je ne vais pas tarder à partir au rocher, les villageois m'y attendent. Mon panier, mes fioles, mes herbes séchées, voilà tout est prêt ! Je ne suis plus allée me baigner, je n'en ai plus envie, être invisible, sale peut-être, mais je suis moi et je me sens bien ainsi. Mes cheveux s'emmêlent, j'observe le regard des gens, ils me craignent. Étrangeté du côté soigné qui les rassure et être soi, peut amener les murmures et jugements. Oncle Mazzeru avait peut-être raison, les villageois ne doivent pas avoir plus de considération.

— Madame vous souhaitiez quelques breuvages pour la diarrhée ?

— Oui, c'est cela et je vous ai porté de la farine et du savon. Mais vous semblez y avoir renoncé !

Après les bavardages, ils osent me le jeter sans scrupules au visage. Leurs paroles me font mal, je voudrais fuir et ne plus revenir. Ils ne méritent que mon ressentiment. Je sers chaque personne qui me gratifie d'un paquet pour tout paiement, de graines et de produits que je n'utiliserais plus, Simonè est parti et Mazzeru n'est plus à mes côtés. Je donnerai aux animaux les mets qu'ils ont préparés. Je me suffirai de mes cueillettes, après tout je ne les ai pas attendus pour vivre !

Je rentre, mon panier plus chargé qu'il ne l'était à l'aller, j'ai un vide immense dans tout mon être. Je vais marcher un peu, beaucoup, jusqu'à ce que mon corps se fonde à la terre qui m'a offert la vie. Mon esprit vagabonde dans les souvenirs. Je me revois enfant, traversant villages et forêt, épuisée par la faim, les peurs qui quand je suis arrivée à Vizzavona se sont étrangement envolées. Ce lieu où pour la première fois un ami imaginaire, oui il devait l'être, je me l'étais créé, a répondu et jusqu'à mes vingt ans m'a tant appris. Mazzeru, je me souviens de chaque moment, de nos échanges, de ces contes racontés au coucher du soleil, tu me disais que c'était la réalité, mais je sais que tu voulais permettre à mon esprit de s'épanouir. J'ai rêvé, oui, j'ai rêvé, dans le sourire vers les fées et dans mes colères aux grands sorciers. De les chercher dans toutes mes longues promenades avec toi, j'ai appris à aimer chaque chose qui vit, à donner sans retour et découvrir le mot amour, mais à quoi bon si je reste plus démunie ! Aujourd'hui, ce sont ces petits instants de l'enfance qui me reviennent au Maestrale[25]. Je sens ma peau de frissons, mais je continue à marcher, laissant dans les pas mes sabots sur un côté dans l'herbe où mes pieds glissent sur la terre. Ma cabane faite de souches et de branches doit par le vent laisser la nature reprendre ses droits. Simonè, où es-tu ? Tu m'as dit à peine aurevoir prétextant une prochaine venue. J'ai répondu pour que tu sois libre et libre à moi de te vouvoyer toujours pour ignorer ce que mon cœur palpitait.

Voilà deux heures que mes pas se multiplient au rythme de la vision d'un passé où les bonheurs les plus simples m'ont été donnés ; ils ont tenu ma vie dans les seuls amis qui sont restés quand les humains m'ont abandonnée. Je m'assieds sur le rocher à la pointe du Monte Cinto et je laisse mon âme s'unir aux éléments. Je suis la terre, la faune et les vents qui sont baignés du soleil ardent de mon île, je suis elle.

— Par la force qui est en moi, par l'amour que je porte aux vivants, de ces sentiments, vous êtes

---

[25] Maestrale : Mistral.

rois. De l'avenir, je veillerai à vous protéger de ces peurs votre trouble, vos incohérences et vos indicibles combats.

Par-delà la mer, champs et villages, au creux des forêts les animaux s'affolent. La clameur déchirante d'un deuil portée par le vent Maestrale emportant le chant des arbres dans le bruissement de leurs branches feuillues en colère.

7
ÉPILOGUE MAZZERU

Stella a rejoint Mazzeru. Dans les campagnes on entend l'écho de son histoire, celle d'une fée qui prenait la main de tous les désespoirs. Elle s'est ajoutée aux contes du soir, dans le bois qui crépite dans la cheminée une lumière vacillante, donnant l'imagination du pire quand il n'y a qu'espoirs. Durant plusieurs lunes, un certain Simonè fut retrouvé éméché, délirant sur une jeune femme d'une grande beauté, ne se souvenant ni du chemin ni de son prénom. Puis un après-midi, un aigle majestueux tournait et virait au-dessus de la forêt de liège. Quelques paysans rentrant des champs, alertés par l'oiseau ont trouvé sous quelques branches l'homme ayant rencontré ce jour-là la mort à laquelle il avait déjà une fois échappé.

Et au creux d'un hameau si l'on osait s'y rendre, on observerait une maisonnée que l'on pourrait croire inhabitée. Chaque soir, si des curieux s'y aventuraient, ils verraient des dizaines d'animaux l'entourant et un souffle de fumée sortir d'une cheminée de terre et de branchages.

À Vizzavona dans chaque heure où la nuit pose son manteau sombre, une ombre veille à ce que nulle âme noire ne revienne. Cette force telle un brouillard punit et dit-on, protège les enfants qui s'y perdraient et trouveraient dans les bois un lieu de paix. Dans une lumière sous le soleil qui inonde les courants du Fulminato, il y a un bassin où, parait-il, se baigner change un destin et renaître est le dessein que fait tout être en y plongeant.

Il est dit dans les campagnes de Vivario qu'au point du rocher, les paysans portent chaque jour des offrandes et ils formulent des vœux croyants en leur exaucement. Les bruits courent sur une fée qui guérirait tous les maux et tourments. Au coin du feu, quand les enfants ont leurs paupières lourdes, un missiavu[26] ou une minnana[27] leur conte l'histoire de Stella, la fée du maquis qui parlait aux vents.

---

[26] Missiavu : grand-père.
[27] Minnana : grand-mère.

LA LÉGENDE DE MAÏCIE

Après trois ans de guerre, un jeune homme, Baptiste, rentre chez lui.

Quand son corps meurtri n'est rien comparé à son esprit,

Des images le hantent et tel un sans famille erre et s'enfuit,

Il est le reflet de ce qu'il était, il n'est qu'ombre sans vie,

Il marche sans désir, sans plus rien connaître de l'envie,

C'est ainsi que commence pour lui la légende de Maïcie.

🖤 LÉGENDE 🖤

Du tréfonds de tous les désespoirs,

Il n'y a pas d'amour qui ne puisse être vécu,

Et donner à toute âme déchue,

L'envie du plus tendre espoir.

Les années sont passées, moi, dans son sillage,

Je me suis endormi, là, et par cette guerre, je suis foutu,

Je marche, l'esprit en berne, j'arrive au cœur d'un village,

Le temps ne l'a pas touché de ses déconvenues.

Il y a des murs blancs, des fleurs au balcon,

Des parterres odorants et au loin les lumières,

La lune est là brillante et les instruments de ses sons.

Le bal est en fête, il prend mes pas de ses airs.

Si près de chez moi, je me cherche, mais en vain,

Mes pas s'accélèrent et la place s'ouvre à moi,

Les tréteaux de la buvette, de l'absinthe sans fin,

Les hommes s'encanaillent, ce soir, ils sont rois.

Les femmes virevoltent et rient de plus en plus fort,

Elles jettent des œillades, aux hommes indifférents,

Mais l'alcool les enivre, d'un égo, ils restent loin, encore !

La danse des petits pas inspire les rapprochements.

Et les tailles enserrées collant aux bras qui les enlacent,

Les joues rosissent de pudeur, et ils tournoient,

Les couples glissent sur le sol et devant moi, ils passent,

Je suis seul à les regarder, ils s'amusent avec tant de joie.

Mes années épuisées à la guerre ont porté ici mon être,

Je suis usé des combats, des corps de sang inertes,

La vue joyeuse du bal semble hors du temps de mon mal-être,

Une nuit à voir passer ce bonheur, le vivre d'une fête.

Rien ne s'efface, je reviens et tout m'obsède autant,

Tiens, ils ont changé le banc sous les châtaigniers !

Le bois était usé, sa peinture vraiment écaillée, d'antan,

Un changement ! À cette idée, mon cœur est tenaillé.

Ce brin de nostalgie, quand l'image se voit déformée,

Ces gens passent dans leur vie et m'ont à peine aperçu,

La vie d'un temps était là, si belle et en moi vibrait,

Moi, Baptiste, le soldat blessé qui ce jour, ici, est perdu.

Mon âme en ruine a en un regard, un regain, un émoi,

Elle est là, une main posée sur ce bois où je m'assieds,

Mon souhait d'être là, si elle désire venir, plus près de moi,

Je pousse le destin, l'envie et j'attends, presque désespéré.

La guerre ne m'a pas plus perdu que cette errance de l'avenir,

J'ai guéri de blessures sur ma chair, mais je demeure brisé,

Je la recherche des yeux, de tous mes pores prêts à se bannir,

Les amoureux de chaleur enfiévrée semblent rassasiés.

Je la guette, elle a disparu, je reste impuissant, invisible,

Je ne lui dirais pas ce qu'elle éveille dans mon corps abimé,

De ce temps qui s'égrène, le frisson d'un amour indicible.

Je distingue sa chevelure au d'U Libeccio, s'envolant,

Le tissu fin de sa robe, enserrant son buste, un voile rose,

Je l'ai perdu et ne plus la voir me plonge dans l'affolement,

Il y a eu la magie de son apparition, l'instant d'une pause.

Un effluve accélère mon cœur, je souffle, tu es si près de moi,

Tu te glisses dans l'ombre des arbres, la musique s'adoucit,

Tel un aveugle je te suis, mes doigts accrochés à ton bras, en émoi,

Je n'aperçois que tes pupilles lumineuses, tu me souris,

Une mèche rebelle volète en barrant ton visage, je reste coi,

Tu saisis ma main dans une danse hors de la piste et m'entraînes.

La brume du soir envahit notre marche puis s'enroule de nous,

Je n'ai que le corps de Maïcie qui ondule, je m'y enchaine.

Je viens à peine d'oublier mon passé guerrier, suis-je fou ?

Nous sommes arrivés, tu m'invites à te suivre, mais où suis-je ?

Une porte s'ouvre de sa main délicate, halée comme sa peau,

Cet épiderme dont je rêve déjà, du peu vu, rêverais-je ?

Sans une parole, dans un halo de lune derrière les carreaux,

Je suis amoureux, épris d'une inconnue dans l'antre de l'infini,

Tu te rapproches, si près, je sens ton souffle chaud.

Je n'ai pas de mots, tout s'embrouille, l'aurais-tu ressenti ?

De tes lèvres, tu prends les miennes, je suis nigaud.

Je te laisse m'embrasser plus encore, plus langoureusement,

Mes mains collent à tes hanches, un frisson au creux du dos.

Au loin la musique éteint une soirée, notre commencement.

Le vent souffle plus fort au dehors, et la tempête dans ma raison.

Plus rien ne compte du lieu, de l'heure, que son odeur m'enivre,

Dans la lenteur de geste pour défaire un à un, nous nous aimons.

Chaque bouton glisse dans les passants, tu te livres,

Ton souffle s'accélère à mon rythme, nous ne faisons qu'un.

Je ne perçois de tes courbes que le palper de mes doigts,

J'accélère les caresses veillant l'extase, le moment opportun,

Enfin ton corps convulse de ce plaisir ivre, je suis en toi.

La senteur des lavandes accueille notre amour, nos ébats sont ma foi,

Hier, toi mon autre, au premier regard et ensemble se retrouver,

Plus fougueux et plus tendre à la fois, Maïcie je ne suis qu'à toi.

Des heures longues trop courtes, collants de nos suées,

Alanguis de nos caresses, les lèvres gonflées de trop de baisers.

Nous nous endormons, moi en elle et elle de langueur,

Au petit matin, je me réveille tapotant les draps, abandonné,

Le manque dans mon esprit, je me meurs sans sa douceur.

Sans cligner des paupières, je m'étonne d'être au relais,

Je me décide à ouvrir les yeux, elle n'est vraiment plus là,

Deux bouquets de lavande sont posés sur les chevets,

À mes côtés son foulard rose, je le serre dans mes bras.

Nu, je me roule en lui, le parsemant de ma bouche, lové,

J'inspire chaque fois plus fort, mais qui est-elle ? Où la chercher ?

Je la désire encore, elle est partie, j'irai au bal pour la retrouver,

Je l'y attendrai, je la raccompagnerai pour ne plus la quitter.

Je l'ai rencontré et je ne souhaite plus loin m'en aller,

Mes parents, mes amis, pourront bien me penser mort,

Jusqu'à hier encore je ne respirais plus, j'étais une âme égarée,

La voir a donné un soubresaut de vie à tout mon corps.

Mon chemin s'est arrêté ici, est-ce un hasard ou une destinée ?

La baïonnette, les canons m'avaient rompu, triste sort !

Mes frères d'armes ne vivent plus, pour eux je veux respirer,

Maïcie a refait vivre mon esprit, fait de cendres un trésor.

Je dois, non il me faut un autre soir pour la revoir, encore un soir.

Nous avons ri sans blague, juste nos envies, nos regards,

De sa maison, je ferai mienne, de nos futurs notre espoir.

Je veux faire de chaque seconde, chaque instant un moment à part.

Il faudra lui parler quand jusque-là, nous avions nos silences,

Et cette nuit qui a scellé nos âmes, notre passé et ce présent,

Je ne pourrai plus souffrir de l'interminable son de son absence,

Ce soir, je vais la prendre et la garder, me noyer en elle, vaillant.

Les jours se sont dilués, les nuits pour nous retrouver,

J'ai insisté, l'ai prié, susurré plus de mille mots d'amour,

Non, non rien ne m'a donné plus que nos lunes sans journées !

Enfin, nous avons parlé, convenus de ce lien tout autour.

Ce filament qui nous a liés est sans limites, une force addictive,

Notre passion comme une évidence, pas de demain sans elle,

La douzième, deux semaines de nuits d'une place festive,

Cette nuit, la ville clôt la fête, plus d'attente, je veux ma belle.

Je ne vais plus dormir, je veillerai sur son délicat sommeil,

Avant qu'elle ne s'échappe, chez elle, je la raccompagnerai,

Je connaîtrai où elle vit aux rayons d'un lever de soleil,

Et si elle a fui mes demandes, je jure de ne plus la quitter.

Au couchant, la matrone du relais me tend une blanche chemise,

Son œil coquin sait déjà que mon cœur bat la chamade,

Ses petits signes de la main quand je rentrai la nuit avec ma promise,

Mais si elle se doutait combien tout mon être est d'elle, malade.

J'ai cette peur au ventre de m'endormir, de ne plus la revoir,

Je reste dans ce village quand après l'horreur, je revis par elle,

Je sors au parfum d'un savon, ma démarche guidée sans savoir,

Par un seul souhait, mon bonheur, de son absence un désespoir rebelle.

Les lumières me semblent plus brillantes, la musique, ça fourmille,

Les hommes sont déjà ivres, ce dernier soir est comme pour moi,

La chance de tous les instants, pour ravir un cœur, fonder une famille,

Et moi, moi je ne veux qu'elle, faire d'elle mon univers, mon toit.

J'ai prié Dieu dans les tranchées boueuses, il nous a laissés mourir,

Elle, je n'ai que nos cris d'amour, nos jouissances éternelles,

Sans rien se promettre, elle est mon instant, mon toujours, ma lyre,

Elle a pris mon destin, en traînant mes galoches, un irréel.

Ma famille est non loin, mais je n'ai pu me décider à rentrer,

Par le corps de Maïcie sous les feux d'une fête, je suis resté.

Et ce soir, le dernier, où j'encense le sens et ce désir de la garder,

Je suis là, impatient, plus encore de la ressentir et la caresser.

Je la vois, elle arrive, plus belle, longeant les grands châtaigniers,

J'ai gardé autour de mon cou, cette écharpe d'un matin, abandonnée,

Elle me l'a laissée, mais ce soir je lui rendrai, où elle va, je saurai,

Nos doigts s'entrelacent, ma chaleur l'entoure et la couvre de baisers.

Elle sourit, je lui emporte les lèvres et de ma langue envahit la sienne,

Nous partons vers le relais, dont maintenant je connais bien le chemin,

Mon esprit enregistre chaque seconde, les pas qui nous y ramènent,

Non ce n'est pas la dernière fois, je resterai en éveil, je tiendrai sa main.

La nuit se passe, plus torride, plus haletante que jamais,

Elle remue, ouvre son beau regard et sur moi le dépose.

Après de nombreux cafés, une tasse après l'autre m'a tenu éveillé,

Nous revêtons nos habits, à mon poignet son voile rose.

Nous cheminons vers la sortie du village puis nous nous arrêtons,

Elle pointe l'index, et m'embrasse, je la serre, lui parle de « Nous »,

Lui invoque mon amour, pour qu'ensemble nous demeurions.

Je lui tends l'écharpe, elle refuse, j'insiste, entourant son cou.

Je la rapproche de mon corps, lui chuchote à l'oreille,

Et lui promets que le lendemain je reviendrai là, j'y serai.

Elle s'éclipse dans un sourire, levant la main, elle m'émerveille.

Et je repars sautillant, de ce demain où à sa porte je toquerai.

Je mettrai mon uniforme, pour faire le meilleur effet,

Ses parents ne verront pas le tout crotté, mais un bien repassé,

Il a été raccommodé, amidonné au col et aux poignets,

J'avais oublié l'honneur de l'avoir porté, médaillé et honoré.

Jusqu'à ce jour, où je retrouve la fierté de vivre dans un après,

La culpabilité d'avoir survécu par les yeux de Maïcie,

Les sentiments les plus forts aident à un deuil blessé,

Grâce à ma belle, mes iris brillent et l'avenir est à la vie.

Je suis à la terrasse du relais, je sirote une absinthe,

Au petit matin, je la rejoindrai pour ne plus la quitter,

Je sais déjà que la fin de ma nuit sera des plus saintes,

Mais de mes souhaits à y penser, je ne fais que vibrer.

Des frissons courent dans mon être, je ferme les yeux,

Que c'est bon de rêver, treize jours à conjuguer le mot aimer,

Je prie des saints sans Dieu et je délivre mon plus cher vœu.

De tous les temps, à tous les temps, sous la tornade et les marées,

J'unis mon souffle au sien, même loin je suis près d'elle.

Elle est en moi, elle c'est moi, je ne doute pas quoi qu'il advienne,

D'ici quelques heures, nous ferons la ribambelle,

Je l'enlèverai, son foulard dans le vent, elle sera mienne.

Il est tôt et le soleil chatouille déjà mon visage, ma main fait écran.

Après avoir serré ma ceinture, enfiler mes galoches cirées,

J'avale un café que je déglutis en passant l'entrée et le mur blanc,

Une impression de ne pas toucher le sol, enveloppé de légèreté.

Sa maison me semble plus petite, le lierre court sur le muret,

J'ai une hésitation, j'inspire, je ferme le poing, frappe sur le bois.

De longues minutes, la porte grince, face à moi une personne âgée,

Elle m'invite dans sa maisonnette, me prépare un thé, je le bois.

Je lui demande Maïcie, d'une mine inquiète m'interroge,

Je lui parle de mes sentiments, de mon désir de me marier.

Elle se lève et m'enquiert de la suivre, je dépasse l'horloge,

Devant moi surplombant un lit, un portrait de mon aimé,

Maïcie est là dans un cadre, illuminant la pièce de toute sa beauté.

Je suis prêt à l'attendre, la grand-mère semble étonnée,

Je lui parle de l'écharpe rose, de ses cheveux, de sa peau halée,

De ma détresse, elle ne répond plus et dit à Maïcie me mener.

Je la suis, nous sortons, puis longeons un chemin arboré,

Des fleurs de toutes couleurs jonchent le sol, leur parfum, je connais,

Je ne sais ce qui me pousse, mais je continue à marcher,

Son âge n'enlève en rien à une énergie et son pas est assuré.

Puis elle s'arrête net, et tend son bras au-dessus de l'herbe mouillée,

Mon corps vacille, mon sang afflue vers mes pieds sans remonter,

Mon cœur cesse tout battement, devant moi un champ de soleil gorgé,

Et juste là, une stèle fleurie où le prénom Maïcie est gravé.

Sur le rebord, posée dessus, son écharpe délicatement pliée,

U Libecciu caresse mon visage, la grand-mère me parle d'années,

Voilà treize années que Maïcie, mon amour, s'en est allée,

Treize années ! Dans mon âme brisée, je pleure d'avoir pu l'aimer.

Je me lamente, à quoi bon ! Maïcie a tout pris, je lui ai tout donné.

Treize jours, dans le creux de mes bras, liés par nos âmes,

J'ai aimé l'air de son temps, de son être, car oui, je l'ai aimé,

Nous nous sommes retrouvés, animant cette flamme,

Rien, je puis l'assurer, en elle m'aura brulé ou blessé.

Je quitte la vieille femme et hâte mon retour au relais,

Sur la route, chaque gravier heurte mes chaussures grisées,

Mes pieds sont lourds, je les traîne, le désarroi de la guerre renait,

De si peu de jours, contre sa peau j'ai cru m'envoler.

Le poids de mon être s'est alourdi de cet ange venu dans ma vie,

Je ne croyais plus en Dieu et je me surprends à le prier,

Partie comme elle y était entrée sans moi, sans un bruit,

De l'impensable, de l'irréel est né, un amour au parfum d'éternité.

J'entre dans l'auberge, sans accorder un regard, mon baluchon récupéré,

Je paie mon dû à la matrone, mon sac de jute juste traîné,

Je ne sais plus où aller, quelle direction me donner ?

Ma famille revient comme un rappel à mes pensées.

Voilà donc la route de ma destinée, à quoi bon pleurer,

De treize années en treize jours, restera en moi gravé.

J'ai cru avoir perdu mon âme, avec Maïcie je l'ai trouvée,

Aucune larme ne se décide à couvrir mon visage endeuillé.

Ce ne peut être de la tristesse, juste en moi, un autre naufrage.

Mon père, ma mère à quelques lieux, je vais les embrasser,

En une petite heure, j'y serai et Maïcie sera dans mon sillage,

Cette folie si je devais la raconter, bien des gens m'alièneraient,

Je ne souhaite plus me tourmenter, l'amour d'une vie m'a été donné,

À quoi bon vouloir justifier, ce que personne ne comprendrait,

La grande faux m'a tourné autour quand d'autres y succombaient,

J'ai vaincu les embuscades, allant chez moi, je l'ai rencontré.

Maïcie s'est unie à moi par je ne sais quelle magie de ce qu'elle est,

Dans ce village que je reconnaissais, malgré le poids de ma liberté,

Je pars, le secret du Libeccio mêlant nos temps, dans mon âme cassée.

Dans le soleil haut dans le ciel, sur une route inondée de graviers,

Baptiste quitte le village et la place devenue vide, abandonnée,

Ses pas ont le poids d'une si jeune vie et d'un sac cahotant sur ses pieds.

Il s'en retourne près des siens, un voile rose battant à son poignet.

LA SOUPE DE PIERRE

Inspirée d'une très ancienne légende culinaire portugaise de la région d'Almeirim. Ce conte, j'en ai aimé la morale, la dureté du regard des hommes face à la différence et la notion que nous pouvions apprendre de chacun d'entre nous. Nous sommes la source de tous les plus beaux enseignements, l'humanité est celle que nous ne devrions jamais oublier. Ici, Pierre aura sa vie déchirée par un drame. Les facettes de sa personnalité vont s'exacerber en donnant un autre relief à son âme après avoir vécu le pire.

💗 1 💗

LES YEUX CLOS.

Il y a des hommes qui un matin se lèvent et ont tout ce que peut souhaiter un être dans sa vie. Pierre fait partie de ces personnes comblées. Il a une famille, une maison, un enfant merveilleux et un travail qui lui sied, avec des responsabilités. Il a fait de longues études et son existence n'est que la suite logique, il est heureux.

Ce matin-là, il sort de son lit, sa femme, les yeux clos, est si belle. Il se dirige vers la douche, il se prépare et quand il retourne dans sa chambre la petite frimousse brune issue de leur amour est là de caresses et de bisous pour réveiller sa maman.

Celle-ci s'étire, plus ravissante encore, elle l'enserre dans ses bras puis, leurs regards obliquent vers Pierre, un instant de magie marque le temps et l'espace de son éternité.

Après un copieux petit-déjeuner, tout le monde s'affaire. Pierre les embrasse tendrement, amoureusement. Il quitte sa coquette demeure chaleureuse pour se diriger vers son travail à cinq minutes de chez lui. Il s'élance d'un pas rapide, la ponctualité est une de ses nombreuses qualités. Il pense à son épouse, son enfant chéri, ils vont aller au parc dans leur luxueuse voiture. Il sourit et pose sa main sur la poignée de l'entrée de son bureau, sans oublier un sourire vers le visage gracieux de sa secrétaire. Elle lui remet les dossiers du jour, encore une journée qui s'annonce bien remplie !

Après une heure sans avoir relevé les yeux des documents juridiques et comptables de l'entreprise, son assistante entre, le visage plus blanc que les feuilles de la photocopieuse. Elle semble bouleversée, Pierre fronce les sourcils quand l'ombre d'un homme se détache et passe devant elle, d'un geste il lui demande de se retirer. Cet homme au physique ingrat, les cheveux gras et des habits froissés, regarde le bureau. Il s'installe dans un fauteuil sans plus de cérémonie, il dévisage Pierre.

Les secondes qui ont suivi jusqu'au départ de cet inconnu, il ne s'en souvient pas, mais ce qu'il lui a dit a dévasté son esprit. Sa femme et son enfant sont sortis dans leur belle voiture pour se rendre au parc si proche. Ils se sont fait percuter par une semi-remorque, le camion attelé livrait des parpaings dans la maison d'à côté et en reculant le chauffeur ne les avait pas vus. Leur mort fut subite sans douleur.

Pierre reste là, abattu, il doit aller à la morgue, mais où sont ses jambes ? Il ne les sent plus. Où est-il ? Il ne reconnaît plus rien. Le vide est entré dans sa journée. Mais qu'est-ce une journée, une heure, une seconde à cette minute ?

Les jours passèrent, les obsèques avec Pierre devenu le fantôme de lui-même. Après avoir pris un congé professionnel, il réalise que l'existence ne représente plus rien pour lui. Que valent les impératifs d'un temps ? Quelle valeur accorder au plus simple du « métro-boulot-dodo » quand ceux qui l'attendaient ne sont plus ! Il prend une décision, bouleversant toutes ses convictions d'une époque maintenant révolue. Il vend tout, se retire des affaires et ne garde avec lui que quelques objets, bribes de son passé. Il ne veut ni photographies, ni argent, ni habits. Les souvenirs, son esprit sera la plus belle des malles de son amour et son enfant, enfermés à double tour par la serrure de son cœur éteint pour toujours. Il est certain que ce bien en lui, personne ne pourra le lui prendre, seule sa mort le pourra et cela lui convient.

Les années s'écoulent et les routes de France sont ses maisons, les forêts et les champs son refuge, les cours d'eau étanchent sa soif et lave son corps. Une barbe touffue a envahi son visage, une chevelure hirsute et des habits grossièrement recousus prennent le seul reflet de son apparence avec la démarche lourde, traînant ses chaussures à peine lacées. Dans les villages, il quémande sa subsistance et regarde dans les yeux de ces autres, la pitié, la peur, le désintérêt, ils se détournent de lui. Il n'est plus l'homme qui riait, chantait au lever, imaginait des jeux pour animer les journées en famille.

Comment avait-il pu ignorer que le monde était peuplé de tant d'égoïsme, il avait connu tellement de bonheur et d'équilibre, après avoir tout perdu jusqu'à son existence, il ne peut croire que l'humanité s'est envolée de chaque humain...

Voilà plus de quinze jours qu'il ne se nourrit que de quelques baies sauvages et d'un peu d'eau. Chaque village qu'il traverse, a de nombreuses maisons, au centre de chacun d'eux, il y a des fumets si délicieux que son ventre ne cesse de gargouiller ; mais malgré des coups fortement donnés sur le bois de leur porte, personne ne lui ouvre.

Désespéré, il s'effondre sur un talus de terre, pose sa tête entre ses mains et pense à voix haute :

« *Seigneur, Marie, Joseph, et tous les saints qui sont sensés exister, ne voyez-vous pas ce que la terre est devenue, les hommes sont aussi sombres que la boue. Je ne vous demande rien, mais une idée pour unir les êtres et ne plus jamais avoir faim. Qu'importe si je dois traverser plusieurs villages, je le ferai et cette idée que vous m'insufflerez, je la partagerais jusqu'à ce qu'ils comprennent.* »

Sur ses mots, ils sanglotent comme un petit garçon. Il exprime d'une voix éraillée de douleur combien les guerres inhumaines avaient su rassembler les hommes d'un pays avec plus d'humanité. La paix et la réussite sociale ôtent-elles l'altruisme ? Sa barbe de Jésus-Christ lui donne une bien triste apparence et ce petit brin de dignité emplie d'une pudeur de souffrances.

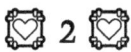

LES CHEMINS.

Chaque nuit, il dort à moitié nu, après avoir plié ses modestes habits, dans le creux d'un arbre ou au milieu d'un champ entre des ballots de foin, pour ne pas avoir froid. Au matin, il se revêt de ses vêtements humides et place sur ses épaules le sac à dos de son enfant dans lequel est placé au centre de tissus ce qu'il a emmené d'eux.

Un grand panneau annonce un village, Pierre lève les yeux au ciel et implore une dernière fois Dieu et ses saints pour qu'en lui une lumière l'aide. Il prie que même la lueur d'une bougie suffirait à éclairer son esprit. Il insiste, il débat à Dieu sur sa piètre foi, mais il serait prêt à croire à nouveau si... Il sourit, il perd la raison, voilà qu'il demande une bougie à la place d'une idée lumineuse ! Que pourrait-il bien faire de cela ? Il secoue la tête de gauche à droite, ce n'est bien sûr qu'un vœu, celui d'une pensée géniale. « *Mon Dieu,* se dit-il *que ce rêve d'un miracle demeure longtemps* ». Non, il n'est pas fou, il a juste une imagination débordante où la détresse le pousse au-delà de toute cohérence à invoquer une religion pour un geste de compassion.

Il berce sa vue sur la route, ce genre de chemin dont il en a vu tant et marché depuis…

Son regard s'arrête sur de jolis cailloux aux couleurs tantôt rose-thé ou grisés et d'autres, légèrement verts. Il se souvient combien avec son enfant, ils aimaient en ramasser. De grosses larmes coulent sous le poids du souvenir encore si lourd. Il ne peut les remettre sur le sol, il défait le sac à dos de ses épaules et les glisse à l'intérieur. Il continue sa marche, l'entrée du village se dessine…le début de l'après-midi s'annonce, la faim le tenaille, la soif aussi d'ailleurs. Au loin sur la place, il devine aux formes grossières un puits, il en soupire d'aise…

Après le chemin de terre cailouteux commence une terre lissée légèrement rouge, Pierre chemine les yeux un peu hagards. Il est au comble du pessimisme et de ses désillusions. Le village est composé de petites maisons en cercle autour d'une place et dans un coin une bâtisse d'une grande austérité où il y a trois portes surplombées de trois enseignes, au centre « Mairie », sur la droite « Poste », sur la gauche « Police », Pierre sourit.

Il pense que les autochtones ont tout concentré, cela simplifie les démarches, si tentées qu'il y en ait beaucoup, il en doute. De tout petits magasins, deux pas plus, un boulanger dont les odeurs jusqu'à ses narines ne font qu'augmenter les contractions de son estomac vide. Le pain moelleux et chaud, il ne s'en rappelle plus le goût. Mais cette odeur lui en remémore le bien-être du toucher et de cette cuisine où s'affairait sa tendre épouse, sortant gâteaux et brioches d'un four, c'est si loin. Ses sens lui offrent un cadeau empoisonné dont les réminiscences s'alternent au rythme de l'étau qui écrase son ventre et lui broie le cœur.

À deux maisons de cette boulangerie d'où vont et viennent des personnes aux sourires radieux, une boucherie-charcuterie qui même porte close réveille en lui, de sa vitrine, un instinct animal tel un chien devant un chapelet de saucisses.

Au centre de la place, un marché où crient les vendeurs de fruits et légumes, les étals ont des couleurs si chatoyantes, Pierre croit rêver. Ses côtes lui font mal, il n'ose s'approcher par peur d'un mirage. Il regarde les pommes, les aubergines, ces tomates gorgées d'eau, les patates, les fraises et tout ce qu'il voit de ces petits producteurs lui fait tourner la tête.

Il n'a pas un sou, il n'a rien, depuis ce jour où… il y a déjà des années, des siècles peut-être ! Il a tout laissé derrière lui, l'entièreté de son âme ne laissant que la douleur dans son ciel. Sa décision de vivre démuni de tout bien ne lui pèse pas, il a cru probablement au début pouvoir compter sur la charité humaine, mais il sait maintenant combien le regard des autres peut en être dénué.

Il traîne entre les éventaires, son corps si chétif que les familles avec leurs enfants font un écart et perdent le sourire, un léger dégoût se dessine sur leur visage. Ce n'est pas la saleté, car il est propre ! Certes très amaigri et ses vêtements miteux, élimés semblent être comme une maladie. Pierre baisse les yeux. Il regarde les cagettes sous les tréteaux où les légumes et fruits talés s'entassent, même ceux-là seraient pour lui un repas de choix !

💟 3 💟

LES « GUEULES CASSÉES ».

Il hésite, il s'avance, une dame fort grassouillette lui fait signe de faire la queue. Elle déclare haut et clair que plus personne n'a d'éducation de nos jours.

Il marmonne une excuse avec la peur que sa voix cassée par le manque de tout puisse être considérée comme une autre répulsion. Dix bonnes minutes passent, il tremble si près de tous ces aliments qu'ils n'osent plus regarder par crainte de les manger des yeux et qu'ils se consument sans avoir pu en toucher un.

Son tour est là, le marchand le regarde avec dédain pensant bien sûr que ce n'est qu'un rien…ce rien que l'on ignore, mais il fait son métier, alors il lui demande :

— À votre bon cœur, m'sieur, je vous sers quoi ?

Pierre lève ses yeux devenus trop grands sur son visage émacié.

— Beh…Monsieur, je venais vous demander si quelques fruits et légumes gâtés pourraient m'être donnés.

Le marchand le regarde, outré, comment un homme si démuni pouvait-il avoir un langage si châtié et faire l'aumône de son travail durement fait.

— Monsieur, je ne suis pas une œuvre sociale, ces cagettes, c'est ce qu'on appelle « les gueules cassées » ou légumes « moches » c'est bon pour mes cochons, je ne les donne pas.

Pierre n'ose plus rien dire, il est donc aux yeux des êtres moins que les bêtes ! Après tout plutôt que leur ressembler, il préfère être un animal !

Il s'éloigne de ce marché et de ces gens qui ne sont pas plus dotés de bonté qu'un morceau de glace. Ses pas nonchalants le poussent jusqu'à des marches de ce qui semble être une église. Un lieu de culte où ils doivent tous aller avec leurs cœurs flétris et leurs âmes voulant expier des péchés dont ils ne doivent visiblement pas mesurer la grandeur.

Le temps est là, celui qui passe sans que le battement de l'aiguille des secondes ne fasse entendre son rythme. Sur ces marches depuis des heures dans l'ignorance des passants, le marché s'est envolé et la moindre miette sur les pavés, balayée. Les magasins ont fermé, les cheminées s'activent, les odeurs de la préparation d'un souper viennent jusqu'à Pierre. Il ne réagit plus, encore un jour sans un aliment, un déchet, un reste pour nourrir son corps si affaibli et il se meurt, il en est sûr. Il ne subsiste rien que le bruit des gargouillis dans ses intestins et l'esprit vide, dans le néant.

Il lui reste sa dignité, il se lève, se dirige vers le puits fait de grosses pierres mal taillées, surélevé par une masse de roches faisant un creux où de vieux journaux sont empilés. Il se dit qu'avec sa bonne fortune le seau a été enlevé ! Il se penche et longe du regard la corde tressée puis il souffle... le seau est là ! Il défait le nœud de la ferronnerie du puits, il le plonge dans cette eau qu'il pourrait presque toucher du bout des doigts en tendant la main. Ce village a de la chance, il est protégé, si fermé de l'extérieur que le cercle de maisons qui le composent traduit aussi la fermeture des esprits de ses habitants. Il remonte et pose ce seau de bois cerclé de métal d'où s'échappent des rigoles de ce fluide précieux. Il trempe ses mains, s'en imbibe le visage et les cheveux qu'il étire vers l'arrière. Il se regarde dans le reflet, il n'a pas tant changé ! Il n'est que le relief de son intérieur, si opposé à ces gens qu'il croise dont l'apparence repue ne dévoile pas la sécheresse de leurs âmes.

C'est dans cet instant, le regard perdu dans l'eau qu'une idée lui vient tel un éclair sous un soleil qui décline, dans un ciel parsemé des fluides de nuages épars de couleur rouge orangé. Il réajuste son sac à dos et part vers le chemin de son arrivée où il ramasse des brindilles et quelques morceaux de bois. Il retourne sur la place, près du puits. Il observe les pierres dans sa besace et le souhait tant prié est né dans l'humidité où la fin de journée se pose.

4
LES TORCHONS.

À cette heure, le village ne vit plus que par les lumières derrière les fenêtres et les ombres des habitants qui s'affairent chez eux, avant un dîner mijotant dans la chaleur d'un âtre de cheminée, dont les fumées odorantes s'échappent du conduit sur le haut des toits. Pierre se détourne de ses pensées et replonge le seau dans le puits puis le pose plein à ses côtés. Il regarde la cavité dans la roche et en retire la pile de vieux journaux. Il en prend un et le froisse le déposant dans le trou qui les préservait, mêlant les brindilles avec habileté. Il ouvre le sac à dos et il en sort un torchon, dans lequel il avait emporté ce qui était l'empreinte de son passé, des siens. Il en extrait du premier bout de tissu proprement plié un faitout, celui que sa femme chérissait tant, que de mère en fille elles se transmettaient. Il le remplit d'eau, se saisit d'un vieux briquet vintage Dupont dans sa poche de pantalon. Il appartenait à son père, une lueur or et bleu s'échappe et enflamme les papiers et les brindilles.

Le feu prend, il l'attise et ajoute des bûches. La braise est faite, il pose le faitout plein d'eau. Il voit derrière les fenêtres, des rideaux se soulever sous la curiosité maligne des habitants, il continue. De son sac, il sort le second torchon, d'où il retire une spatule en bois bien incurvée. Celle avec laquelle son enfant prenait la farine dans les toiles de jute quand il aidait sa maman dans ces moments de partages de ce quotidien qu'il se rappelle, ému. L'eau commence à frémir, il se penche au-dessus et fait mine de sentir une odeur particulière, provoquant un ravissement dans l'expression de son visage qu'il affiche en se tournant vers chaque maison avec un sourire béat.

Puis, il plonge la grande louche dans le liquide et prend dans son sac les cailloux si joliment colorés. Il les immerge et son regard brille de l'étrange éclat des pierres dans le fond de la marmite. Les vertes comme un gros chou, les roses-thé tels des morceaux de lards bien luisants et les grises semblables à des oignons découpés en des bouts odorants et piquant les yeux. D'ailleurs, les yeux de Pierre ont des larmes qui emplissent ses iris, est-ce les condiments de cailloux ou ses souvenirs gustatifs ?

Il touille avec délicatesse ce mélange et ses pupilles brillent d'une lueur inconnue depuis si longtemps. Il irradie sur cette place où le soleil continue sa chute et assombrit le bourg. Il entend derrière lui des pas, mais il ne bouge pas. Une tape sur l'épaule le fait avoir un léger sursaut et plonger son regard dans celui d'un enfant avec son père.

— Hep m'sieur, qu'est-ce que vous faites ? Mon papa m'accompagne, il se disait qu'un Monsieur sans rien ne pouvait rien faire cuire !

— Mais si mon petit, je suis en train de me faire une bonne soupe. Hum…tu ne sens pas ces bonnes odeurs ? dit-il en se penchant et faisant mine de les humer.

L'enfant s'approche, mais reste distant pendant que Pierre continue de tourner et de sentir les vapeurs, rajoutant parfois un peu d'eau en se délectant des senteurs. Il regarde son père et lui tire sur la main comme pour lui demander ce qu'il en est. Pendant cet échange, d'autres habitants se sont réunis autour de cet homme qui semble si heureux de son mets. Le père du petit garçon intrigué ne peut se retenir, il s'avance un peu plus, élevant un sourcil douteux sur cette préparation.

Le garçonnet intrigué fait un pas, puis deux, serré contre son père. Le regard des villageois est braqué sur lui, à une distance d'au moins deux mètres, l'inquiétude peut-être d'une contamination !

— Mais quelle est cette soupe ?

Pierre observe l'homme, avec son sourire toujours présent.

— C'est une soupe de pierres.

Il en hume encore la saveur avec des grognements de satisfaction, pendant que la troupe qui l'encercle ouvre grands leurs yeux de curiosité.

— J'connais pas, quel goût cela a ? dit l'enfant accroché à son père.

— Eh bien cher jeune homme, c'est un goût unique, c'est une très vieille recette. Mais vous voyez, c'est dommage, car si j'avais eu un peu d'épices alors cela aurait été parfait.

— Des épices ? Du sel et du poivre vous conviendraient ? dit le père de l'enfant.

— Oh monsieur, ne vous donnez pas cette peine, je saurais m'en passer.

— Mais non, mais non, je vous les apporte de suite, ce n'est rien, j'en ai tant chez moi, quelques pincées ne me feront pas défaut.

Et sur ce, laissant son fils sur place, il court chez lui et revient essoufflé vers Pierre, il lui tend toujours à distance le sel et le poivre. Pierre continue à tourner avec la cuillère en bois, il ajoute des bûchettes pour entretenir les braises. Il prend un peu de sel et de poivre, les disperse dans l'eau et un rire sort de sa gorge, épanouissant son visage à la surprise de tous.

QUELQUES FEUILLES DE CHOU.

La femme un peu grassouillette, qui sur le marché n'avait pas eu sa langue dans la poche, fait un pas vers le feu. Elle se met sur la pointe des pieds, elle essaie de voir le fond de la marmite. Mais dans le bouillonnement de l'eau, elle ne perçoit rien. Elle se risque à poser une question. On sent sa voix tremblante, car elle pense à de la magie ou un meurtrier sous le physique décharné de cet homme mal rasé, les cheveux longs sans formes.

— Monsieur, dans ma famille nous sommes toutes d'excellentes cuisinières, j'vous le dis ! Et cette soupe dont vous parlez m'est inconnue. Donnez-moi les ingrédients si vous en êtes capable ?

Pierre rit à gorge déployée, il regarde cette femme bouffie de son embonpoint condescendant. Elle l'avait sermonné comme un enfant pour qu'il se déplace au bout d'une file d'attente, alors qu'il fixait d'envie légumes et fruits qu'il aurait bien mangés crus. Il s'éclaircit la voix dans un toussotement. Il fait mine de réfléchir en se frottant de deux doigts le menton, sans lâcher le mouvement de sa main sur la cuillère, puis il met une autre pincée de sel et de poivre avant de répondre. La dame s'agace et les personnes les dévisagent tour à tour d'un air interdit.

— Madame excusez-moi d'avoir tardé dans ma réponse, mais la recette est complexe. Et même si tel que je la fais devant vous, elle me conviendra parfaitement, à l'origine ma mère y ajoutait quelques oignons bien blancs pour la douceur, un filet maigre de lard et quelques feuilles de chou. Mais, tenez bien compte que c'est dans la version la plus goûteuse et je ne vous cache pas, vous devez le savoir que le tour de main d'une cuisinière en fait toute la différence.

Elle acquiesce, les deux mains sur les hanches, bombant la poitrine pour dire qu'elle en sait quelque chose et en maîtrise la science. Il reprend sans la regarder, goûtant, en ayant au préalable soufflé sur la spatule, son bouillon avec une délicatesse surprenante :

— Hum...elle est délicieuse. Oh, bien sûr, le souvenir de celle de ma mère n'est pas là, mais que voulez-vous mon palais, ce jour, ne fera pas le difficile.

Toujours les mains à plat de chaque côté de ses formes rebondies, elle le fixe, fronce les sourcils.

— Les cuisinières sont solidaires et d'un chou je pourrais me défaire. Pensez-vous que cela fera de vos souvenirs une meilleure saveur sur vos papilles ?

— Madame, ne vous embêtez pas, je ne voudrais pas vous déranger et vous levez le chou de la bouche.

Il glousse faisant mine que c'est de sa soupe qu'il se ravit. L'attroupement encourage l'intention de ce légume proposé et certains n'hésitent pas à savourer, d'un effleurement de leurs lèvres avec leur langue, une saveur qu'ils devinent tout en ayant déjà le ventre plein.

🗒 6 🗒

LA SOUPE DE PIERRE.

La dame se détourne et d'un pas sec rentre chez elle. Elle en ressort avec un énorme chou vert qu'elle a découpé en morceaux, elle le lui tend en restant dans une limite de sécurité derrière le jeune enfant qui avait pris la parole en premier.

— Bien merci madame, vous n'étiez pas obligée, mais j'accepte de bonne grâce. Je vous en remercie.

La dame esquisse un sourire d'automate, figé dans une complaisance d'éducation sans en penser le moindre signe. Pendant ce temps, Pierre verse le chou et continue en ajoutant une pincée de sel et de poivre... Un homme resté en arrière encore accoutré de son tablier blanc demande d'une voix grave :

— M'sieur, je suis le boucher de ce village et le meilleur de la région, je peux vous l'assurer.

Le groupe qui s'est resserré autour du puits hoche leur tête avec un « oui » unanime. Le boucher tout enorgueilli reprend :

— J'aurais bien un plat de côtes et des tranches de lard à vous donner si vous l'acceptez, ma femme va bien dénicher dans le laboratoire quelques oignons doux de Provence qui ajouteront du parfum.

— Monsieur le boucher, je me sens vraiment gêné, ma soupe comme je vous l'ai dit me convient parfaitement et cette dame a mis d'un chou, une touche d'émotion pour moi, cela me suffit.

— Non monsieur, j'insiste. Je vous mène cela de suite.

C'est en moins de cinq minutes qu'un plateau d'oignons coupés et de viande bien rouge à l'air savoureuse lui est apporté. Pierre reste de marbre, les traits de plus en plus détendus, savourant les odeurs de son mets au contact de viandes et oignons frissonnants dans le faitout. Le garçon s'approche un peu plus, ils se sourient. Pierre continue de tourner sa soupe, il fixe les prunelles ébahies de l'enfant.

— Ça sent très bon m'sieur, votre maman était une bonne cuisinière !

— Oui mon petit, elle était merveilleuse et sa cuisine était bien meilleure que la mienne, mais elle m'a tout appris et je l'ai tant aimé ma maman.

Pierre dans ses mots, derrière le mensonge de la cuisine de sa mère ne pense qu'à son épouse et une larme perle sur sa joue, il n'a pu la retenir. L'enfant touché de cet instant d'émotions se met à pleurer et dit à Pierre combien lui aussi aime la sienne. Son père attendrit, le prend dans ses bras et le serre, l'embrasse sur les cheveux.

Les discussions suite à l'émoi de ce petit garçon vont bon train et sans se rapprocher de Pierre la troupe fait un brouhaha d'échanges dans les anecdotes de leur vie, riant, pleurant, se bousculant chaleureusement. Ils ont oublié ce que représentait

Pierre quelques heures auparavant, mais n'en sont pas plus proches et restent soudés de leur groupe du village excluant tout nouvel arrivant, mais Pierre n'en a que faire. Une bonne heure se passe, il éteint d'un peu d'eau stagnante dans le fond de son seau les quelques braises. Il entame avec gourmandise le plat bien chaud. De ses doigts, il se saisit des bons morceaux de viande et de lamelles d'oignons si goûteux et ajoute le bouillon. C'est dans de grosses lampées dans la cuillère de bois qu'il déguste son repas. Chaque personne présente s'est empressée d'aller chercher un bol et de quémander un peu de ce bouillon miraculeux. Pierre avec toujours son grand sourire accepte et leur en verse une louche. L'enfant qui s'est détaché de son père est même allé prendre une part de miche de pain et l'a tendu vers cet homme inconnu dans ce geste d'une innocence perdue par les adultes. La troupe s'est éparpillée après avoir loué la soupe, rentrant chez eux dans leur discussion en faisant retomber Pierre dans l'anonymat le plus complet. Mais, il s'en moque et se délecte de ce qui pour lui est un repas de roi. Seul reste près de lui l'enfant qui retient son père parce qu'il meurt d'envie d'en savoir plus sur cette soupe si peu ordinaire, cette soupe de pierres. Après avoir terminé son plat, se léchant les lèvres de la gourmandise d'un si bon dîner, il prend le seau. Il va vers le puits pour le remplir afin de boire et de laver ses ustensiles. Ces biens précieux qui ont fait de ce repas, un repas de famille. Son cœur flétri par la solitude s'est regonflé d'un afflux de sang de bonheur, ils sont près de lui, il le sait. Sa femme et son enfant sont présents dans sa tête et ils lui ont permis dans cette soirée de bien manger, retrouver le sourire et faire de ce deuil en errance un espoir. Ne se souciant pas du regard interrogateur du garçon et de son père, il commence à tout débarrasser.

— M'sieur, c'était vraiment bon, vous en êtes-vous régalé ?

— Oui mon petit, un délice, ma soupe de pierres n'a jamais été aussi bonne.

— Ah ! Je dirai à ma maman de la faire ta soupe de pierres et maintenant vous allez où ?

— Après votre village, Il y a une belle rivière et un grand champ bien touffu, ils accueilleront mon sommeil.

Pierre continue, en parlant, son nettoyage et range dans un torchon la spatule en bois si chère à son cœur, il replie avec amour chaque bord. Il ramasse le faitout et le père de l'enfant se redresse, il se demande pourquoi l'homme n'a pas mangé les pierres !

— Mon fils a apprécié votre recette et je suis sûr qu'il ne l'oubliera jamais. Par contre, vous n'avez pas touché les pierres, que comptez-vous en faire ?

Il serre la main de son enfant pour lui faire comprendre que si les pierres faisaient cette soupe miraculeuse, il tenterait de les récupérer. Le garçon sourit à son papa qui lui rend d'un clin d'œil. Pierre n'est pas dupe et s'en amuse un instant, il insiste :

— Vous avez un bien petit sac à dos nous pouvons vous en décharger et vous trouverez bien ailleurs de telles pierres, vous ne pensez pas ?

Pierre s'en saisit, les trempe dans l'eau et lave son faitout. Il regarde l'homme fixement, puis il répond d'une voix calme et morne, défaisant le sourire de son visage :

— Monsieur, les pierres ont de si jolies couleurs, elles ont rappelé à mon souvenir l'espoir et le bonheur alors, jamais je ne vous les laisserais ni à vous ni aucun autre ! Et ce que j'en ferai ce sera quand dans un village comme le vôtre, les portes resteront fermées comme vos cœurs aigris et que d'une soupe je devrais me nourrir.

Pierre finit de ranger dans le sac de son fils le faitout soigneusement plié avec des gestes tendres dans le second torchon, telle une petite laine qu'il replierait sur les épaules de sa femme. Il rabat la fermeture éclair après avoir déposé les pierres puis il ajuste les sangles et d'un pas assuré sort du village. Dans son dos, il laisse sur la place de ce bourg comme un autre, un homme abasourdi puis en colère et un enfant qui ne cesse de chantonner la soupe de Pierre.

 LEXIQUE

PAUVR'ANN :

P28 — Auburn : voiture de sport speedster-roadster du constructeur américain Auburn, commercialisée 1925 à 1937.

P37 — Diapré : De couleurs variées et changeantes.
Dispersés : Le colorant dispersé est une catégorie de colorant synthétique destiné au polyester et aux fibres hydrophobes apparentées.

P55 — [1] Pouacre : très sale, laid, repoussant.

P58 — Congruité :convenance.

P67 — Jalmince : jaloux.

STELLA :

P85 — Stella : une fée de Corse, elle réalise 3 vœux, mais peut punir aussi. Apparait toujours dans un nuage de brume.

P90 — Strega :sorcière étrange, antipathique, crainte.

P92 — Albitru : Arbousier de la famille des bruyères.

P95 — U cignale : sanglier.

P99 — Le Mazzeru : Le sorcier. Doté de pouvoir surnaturel pouvant donner la mort de façon magique. Sort la nuit, peut tuer un animal qui une fois mort aura le visage d'une personne qu'il connait et cette personne mourra peu de temps après. Voit ce que les autres ne peuvent pas voir.

P100 — Glatissement : cri de l'aigle.
L'agula : L'aigle.
Le Fullettu :Follet ou Lutin. (empêche de dormir en jetant un seau d'eau, frappe dans ses mains de fer met tout nu et tape sur les fesses, on ne le voit pas mais on l'entends rire et taper des mains)

P101 — Les Fées : la Fée d'Alisgiani, belle, cheveux étincelants dont les hommes tombent amoureux et quand ils se croisent, elles sont synonymes de fortune, bonheur, richesse.
Signadori ou Incantori : sorciers. Don de soigner-> ochju selon un rituel.
Annuchjatu : envoûtement.

P102 — Porcafonu : Dieu des cochon, son apparition porte richesse et bonheur si on ne mange pas/plus de cochon (respect de l'animal), apparait une fois par siècle.

P103 — Les revenants, selon la tradition Corse, la veille de la Toussaint on doit faire présent sur le

rebord d'une fenêtre de pain, eau, chataigne, etc, sinon la malédiction des revenants qui reviennent et hantent les personnes les ayant oubliés.
La mouche de Freto : du Nord au Sud, là où elle se pose les gens meurent, toute vie quel qu'elle soit s'éteint. (Col de Pruno, chaine de Coggio,...)

P110 — Hélichryse : plante phare du maquis Corse, appelée aussi immortelle. Propriétés cicatrisantes et régénératrice.
La cité du sel : Porto-Vecchio où il y avait des marais-salants depuis 1795, abandonnés dans les années 2000.

P111 — L'agula : L'aigle.

P124 — Missiavu : grand-père.
Minnana : grand-mère.

LA LÉGENDE DE MAÏCIE:/

LA SOUPE DE PIERRE : /

♥ SOMMAIRE ♥

PAUVR'ANN :

P9 — Titre

P11 — Préface.

P15 — Chapitre 1 — La décision.

P27 — Chapitre 2 — Marraine la Fée.

P39 — Chapitre 3 — Pauvr'Ann.

P51 — Chapitre 4 — Renaissance.

P63 — Chapitre 5 — La boulangère.

P75 — Chapitre 6 — Ni hasard ni mauvais choix.

P81 — Épilogue.

STELLA :

P85 — Titre.

P89 — Chapitre 1 — Prologue.

P99 — Chapitre 2 — La renaissance.

P107 — Chapitre 3 — Oncle Mazzeru.

P107 — Chapitre 4 — La guérison.

P113 — Chapitre 5 — L'ingrat.

P119 — Chapitre 6 — Stella.

P123 — Chapitre 7 — Épilogue-Mazzeru.

LA LÉGENDE DE MAÏCIE :

P127 — Titre.

P129 — Légende.

LA SOUPE DE PIERRE :

P147 — Titre.

P149 — Chapitre 1 — Les yeux clos.

P153 — Chapitre 2— Les chemins.

P156 — Chapitre 3 — Les gueules cassées.

P161 — Chapitre 4 — Les torchons.

P165 — Chapitre 5 — Quelques feuilles de chou.

P169 — Chapitre 6 — La soupe de Pierre.

LIENS INTERNET RÉFÉRENCES

Contes Corses :

https://corsica mea.fr/index.hrml

Contes et légendes de Corse-La bête de Vivariu (corsicamea.fr)-La bête du Vvariu.

Contes et légendes de Corse-L'ame (corsicamea.fr)-La légende de Marie-L'anima.

Contes Portugais :

La légende de la soupe de pierre d'Almeirim

https://portobeautiful.com//la-légende-de-la-soupe-de-pierre-almeirim/

 DESLIVRES&NOUS

SAND CANAVAGGIA

L'inflorescence de l'amitié — 2020
Les nouvelles elliptiques — 2020
Grains de sel — 2021
La rue de Blanche — 2021
Les contes déliés de fables et de nouvelles — 2022

JEAN-MARC-NICOLAS.G

Le réclusoir d'Élisabeth de Beaupond — 2021
Nouvelles d'un autre monde — 2022